集英社オレンジ文庫

宝石商リチャード氏の謎鑑定

再開のインコンパラブル

辻村七子

JN259060

CONTENTS

CHARACTER

中《なか》田《た》正《せい》義《ぎ》

東京都出身。大学卒業後、アルバイトをしていた縁でリチャードの秘書に。諸事情により霧《きり》江《え》みのると同居中。

リチャード・ラナシンハ・ドヴルピアン

日本人以上に流麗な日本語を操る英国人の敏腕宝石商。誰もが唖然とするレベルの性別を超えた絶世の美人。甘いものに目がない。

イラスト／雪広うたこ

宝石商リチャード氏の謎鑑定

再開のインコンパラブル

case. 1

ダンサーとナワラタナ

十月の終わり。霧江《きりえ》みのるはスーパー親友こと赤木良太《あかぎりようた》の家にお邪魔していた。赤木家は中田正義《なかたせいぎ》のマンションより部屋数が多かったが、一つ一つの部屋は狭い。普通の家だなあと、何となく後ろめたいような気持ちになりながら、みのるは良太のベッドに横たわっていた。

「しっかし、中田さんにしては急な話だよな。『お泊まりさせてもらえませんか』って」

「ごめんね、良太……」

「そういう意味じゃなくって！　何があったのか気になってるだけ」

「……僕も」

みのるは良太の顔から天井に視線を移した。良太の部屋の天井には大きな星座早見表が貼られていて、少しだけみのるの心をなごませた。春の星座。夏の星座。季節は既《すで》に秋である。お茶を出してくれて、何くれとみのるの家での話を聞いてくれた良太の姉も退出していて、気を遣うような相手はいなかった。

「………………」

何らかの事件が起こっている。中田正義が、みのる以上の優先度をつけることが。そしてそれは、入院しているみのるのお母さんにまつわることではない。お母さんに何かあった場合には必ずみのるにも伝えると、正義は約束してくれたからである。

何故《なぜ》か、みのるはそれが嬉《うれ》しかった。

お母さんに事件が起こっていないからではなく、中田正義が自分以外のことに注力してくれているのが嬉しかった。もしこのまま、いつも正義に勉強を見てもらって、楽しいところに連れて行ってもらって、おいしい料理を作ってもらってという生活を続けていたら、みのるはどこかで自分がおかしくなりそうな気がした。

正義にも正義の生活があり、みのるとは関係のない部分がある。何もみのるのために生きているわけではない。

そっちのほうがいいな、とみのるは思った。

そして同時に、自分もまた、正義とは関係なく、自分自身の時間や空間を持たなければならないのかもしれないとも。

「……」

自分の頭で自分のことを、しっかり考える。

もしかしたらそれは、最近学校でよく耳にする『進路』というものと関係しているのかもしれなかった。

「イギー、リッキー、本当に、マジで、悪かったと思ってる。ごめんね。でも今回ばっかりはもうどうしようもなくて」

「事細かに説明していただこうとは思っておりません。驚愕《きょうがく》したことについては否定しませんが」

広々とした山手《やまて》のマンションの中に、多種多様な顔ぶれの人々が佇《たたず》んでいた。

一人はソファに腰掛ける金髪の麗人《れいじん》、リチャード・ラナシンハ・ドヴルピアン。

リチャードの背後でソファに手を置き前のめりに立つ日本人、中田正義。

そして最後の一人が、うっすらとしたココア色の肌を持つ、ヨアキム・ベリマンだった。

リチャードと対面のソファに腰掛けたヨアキムは、本当に申し訳ないという顔で、毛布をかぶって小さくなっていた。

本人曰《いわ》く、身分は『逃亡者』である。

ヨアキムの登場は、正義にもリチャードにも青天の霹靂《へきれき》だった。何とかもう少し情報を分けあたえてもらおうと、正義は明るい声を出した。

「まあ、もともとここはジェフリーさんの家だし」

「ヨアキムさま、よろしければ彼に連絡をしても？」

「リチャード」

「やめて」

ヨアキムの声はいっそう低くなった。

リチャードはしばらく間を置いてから、ゆっくりとした口調で告げた。

「私の端末には、さきほどから厄介《やっかい》な男からのメッセージが届き続けています。『やありツキー』『元気？』『ちょっと時間ある？』ほか。いつもの軽薄な調子ではありますが、頻《ひん》度《ど》に若干《じゃっかん》の切迫感が滲《にじ》んでいます。親愛なる逃亡者さま、よろしければ一体何から逃げているのか教えていただいても？　そうでなければ力になることもできません」

力になるという言葉に、ヨアキムははっとしたようだった。正義は表情を緩めた。

「俺もリチャードも、無条件にジェフリーさんサイドってわけじゃないんですよ。思いおこせば、最初はかなり『敵』寄りの人でしたし……いやそれはともかく」

リチャードの眼差《まなざ》しで、正義は言葉を打ち切った。

ヨアキムは黙ったまま、長い脚《あし》の膝《ひざ》あたりを見つめていた。禅寺《ぜんでら》の座禅で、自分の中に答えを探すように。

しばらくの沈黙の後、ヨアキムはリチャードと正義を見上げ、口を開いた。

「申し訳ないけれど、私たちの間には何も起こってないの。だから逃げてきたの」

正義は怪訝《けげん》な顔をしたが、リチャードは表情を変えなかった。ヨアキムは少しだけ微笑《ほほえ》み、リチャードを見て喋《しゃべ》った。

「まだ自分でも心の整理がついてないから、これ以上は言葉にして話せない。ごめんね二人とも。しばらく滞在させてもらえると助かる。もちろん無茶な話なのはわかってるから安心して。今ここで暖まらせてもらえただけで、随分《ずいぶん》体が楽になったし」

「好きなだけいてくださいよ！　ただ……」

リチャードに先んじて口を開いた正義は、多少言い淀《よど》んでから、なぞかけをするような笑みを浮かべた。

「今、この家には他にもう一人、若い仲間がいるんですけど、そのことは知ってます？」

クウ、クウ、と鳴き声をあげる二匹の犬をヨアキムはおずおずと指さし、確認するように正義を見た。正義は苦笑し、首を横に振った。


急なお泊まり会の翌日。霧江みのるが正義のマンションに帰宅すると、『異人さん』がいた。長いアッシュグレイの髪。くっきりとした目鼻立ち。しなやかな長身。

「みのるくん、こちらヨアキムさん。ヨアキム・ベリマン。普段はアメリカとかフランスとかイギリスに住んでるんだけど、わけあってしばらくここにお泊まりする。日本語はほとんど喋れないけど、英語は通じるよ」

「ハロー」

　みのるはびくりとした。初めて聞く生の『ハロー』である。リチャードや正義や、英語の授業にやってくるＡＬＴの先生の『ハロー』は、日本語しかわからない日本人の子どものために手加減してくれている気配があったが、ヨアキムの言葉にはそういう雰囲気がなかった。何より英語しか話せない。それは他に言語の選択肢《し》がないということだった。つまりみのるが頑張るしかない。

　付け焼き刃の言葉で、みのるは『ハロー』と『ナイストゥーミーチュー』と『マイネームイズみのる』を繰り出し、その後は地蔵のように黙った。ヨアキムは最初、みのるの会話能力を過剰評価したらしく話しかけてきたが、一言も理解できないとわかると、ただ微笑むだけに切り替えた。ヨアキムが喋れる日本語は『アリガトウ』と『ダイジョウブ』だけで、みのるにはなんとなくそれが『イエス』と『ノー』の代用品に思えた。滞在中、ヨアキムの家事分担は免除されるが——ものすごく苦手らしい——かわりにジローとサブローの散歩などの世話を積極的に担当する。みのるはわかりましたと答え、特に質問はしなかった。謎が多すぎるとかえって何も質問できなくなるのは初めて正義と会った時と同じだった。

リビングから自分の部屋に戻ると、正義が追いかけてきて、みのるの前で膝をついた。

「みのるくん、さっきはああ言ったけど、無理をする必要はないよ。もしキムさんと一緒に暮らすのがしんどかったり、自分の居場所がなくなるような気がしたら、すぐに言ってほしい。俺たちもキムさんも、もう大人になって何年も経《た》つから、どんな場所でもやっていけるよ」

「ぼ、僕は、大丈夫です。問題ありません」

「うーん……まあ、問題があるかないかも、だんだん見えてくるものかな」

「ヨアキムさんは、いつまでいるんですか?」

みのるがそう問いかけると、正義は少し困った顔をした。ああわからないんだとみのるは理解した。突然やってきたお客さんが、いつまでいるかわからない。そんなことはなかなか起こらない気がした。

リチャードと正義が、大変な苦労をしそうな話である。

大丈夫ですか、と逆に気遣うような視線を向けると、正義はにこっと笑って立ち上がった。

「みのるくん、本当にありがとう。キムさんは面白い人だから、英語でお喋りしてみるといいよ」

「それは無理です……！」

「無理に喋れって意味じゃないよ。楽しくやれたらいいなって意味。それじゃあ」

正義はそう言って部屋を出て行った。

みのるは自分の心が二つに分かれたような気がした。一つの心は『みのる以外の誰かのことを考えているのは正義にとってよいことだから、喜ぶべき』という感情で、もう一つは『ずっと自分だけを見てくれていた人がよそを見ているのは、少し寂しい』という、初めて感じる何かだった。

不思議な気持ちで天井を眺めている間に、朝はやってきた。

「おはようございます……」

ダイニングに出てゆくとヨアキムがいた。モーニン、という気だるそうな声が返ってくる。

朝に弱いといえばリチャードのことだと思っていたみのるは、ヨアキム襲来の翌日、上には上がいるという言葉の意味を理解した。寝起きのヨアキムは、初めて会った時のような化粧気が目元にも唇にもなく、もこもこしたフリースのジャケットを素肌の上にそのまま羽織っている。正義とリチャードはいつも通りにしようと努めているようだったので、みのるもそうあるように努めた。

半分以上寝ていて、食べることもおぼつかないヨアキムを横目に、みのるはいつもと同じ時間に登校しようと玄関を出た。

その後すぐ。

「みのるくん」

正義が玄関から出てきた。忘れ物でもしてしまったのだろうかと慌《あわ》てるみのるに、正義はにこにこと声をかけた。

「今日の放課後、時間はある？　林《リン》くんのお父さんがお惣菜《そうざい》を分けてくれるんだって。受け取りに行ってくれるかな。キムさんの歓迎会も兼ねて、今夜は中華パーティにしようかと思って」

「あ……わかりました」

できることは全部自分でやってしまう正義には、珍しいオーダーである。でもこういうところで頼ってもらえるのは嬉しいなと、みのるは少しだけうきうきした。

学校に到着すると、みのるは案の定待ち構えていた良太に質問を受けた。

「おはよーみのる。大丈夫か？　お泊まり会は結局何だったんだ？　何かあった？」

「うん……」

説明が難しかったので、みのるは良太への返事を昼休みまで考え、現代文の授業のパラグラフ要約のようにまとめた。ヨアキムさんって人が家に来て、しばらく泊まることになった。リチャードさんと正義さんの友達で、いい人らしいんだけど、英語しか話せない。何で来たのかは知らない。以上。

　良太はハアーッとわざとらしいため息をつき、ついでに伸びをした。

「面倒くさそうなことになってんなあ。お、真鈴《まりん》じゃん」

「お邪魔さま。今日は何の話？」

　隣のクラスの志岐《しき》真鈴は、良太とみのるの共通の友人で、キッズモデルをしている美少女である。体育のある日の定番スタイルで、腰まである黒髪を今日はゆるい三つ編みにしていて、現代文の小説に出てくる『むかしの女学生』のような雰囲気だった。

「真鈴。学習発表会の練習はもういいの？」

「朝練のこと？　もうとっくに終わってるわよ。振り付けを覚えろって言われてるけど、あんなの一度踊ったら覚えちゃうし。ぶっちゃけダサいし」

　夏休みを終え秋に突入した横浜《よこはま》市立開帆《かいはん》中学校は、文化祭ならぬ学習発表会を間近に控えていた。一年生はオブジェ制作、二年生はコーラス、三年生は演劇という、盛りだくさんなイベントである。生徒の保護者だけではなく、近隣の小学生も学校見学にやってくる。みのると良太のクラスは『ティラノサウルスのオブジェ』作りに邁進《まいしん》していたが、美術部所属の熱心な生徒たちの尽力でほとんど完成しており、手持ち無沙汰《ぶさた》になっていた。真鈴のクラスもまた、『赤い靴はいてた女の子のオブジェ』を切り絵で作ることになっているはずなのだったが。

「ダンス部の助っ人《すけと》に来てくれなんて言われたけど、正直個人差が大きすぎるのよね。学外のダンス教室に通ってる子は上手すぎるし、中学からダンスを始めた子はステップもわからないって言うし。顧問の先生の『ダンス』の認識はＭＪで止まってるし」

「エムジェーって?」

「『マイケル・ジャクソン』!　ったく」

「みのる知ってる?」

「名前だけ……」

学習発表会では個別の演目を持つ部活動もあった。ダンス部もその一つで、ステージの上でダンスを披露する。部員の九割が女子というガールズグループのような部活動で、帰宅部の真鈴には全く縁のないもの、だったのだが。

クラスメイトの女子が、真鈴を誘ったのだという。

志岐さんダンスも上手なんだよね、事務所で練習してるんでしょ、だったらうちのグループに来てくれないかな、一人足りなくて決めポーズが映えないんだよね——と。

誘われたその日に、真鈴は良太とみのるに「もう困っちゃう」「ほんと困っちゃう」「でも頼られてるのに無視するのも感じ悪いし」「ほんと困る」を早口で連発し、迷っているというポーズを演出した。めちゃめちゃ嬉しそうじゃんと口にしてしまった良太は教科書で叩かれ、真鈴の百倍くらい真実味のある『ほんと困った』顔を作った。

　とはいえ、真鈴に同じクラスの友達がいる。

　体育祭前の嫌な出来事を経《へ》て、クラスの中での真鈴の立ち位置も少しずつ変化していることが、みのるは嬉しかった。良太や真鈴はみのるの大切な友達である。友達が楽しそうにしていると胸がポカポカした。

　でももし、良太や真鈴が、自分のことを全然気にせず、楽しそうなことをするようになったら？

　初めてそんなことを考えた自分に、みのるはうろたえた。どうしてだろうと自問自答してもわからない、ただ脳裏に浮かんでしまった考えだった。突然の新しいお客さんのせいかな、とみのるは考え、自分の子どもっぽさに少し呆《あき》れた。

　その日は長いホームルームで授業が終わる、特殊な時間割の日だった。

　ホームルームではアンケートが配られた。

　アンケートの内容は、入学から今までのことを思い出してみましょう、という一文で始まり、達成感を四段階で評価するというものだった。『学校の勉強』『学校の委員会活動』『おうちのお手伝い』『学校の外、たとえば家・近所での活動』など。とてもできたと思う、ややできたと思う、あまりできなかったと思う、ほとんどできなかったと思う。こういうアンケートにはつきものの、五段階評価でいう三段階め、『普通』がないことに、みのるは戸惑った。多少どちらかに寄った評価を選ばなければならない。

ほとんどフィーリングでレのチェックをつけた後、みのるは最後の大きな記入欄に目を留めた。

『未来の自分を想像してみましょう。どんな人になって、何をしていますか？』

えっ、いきなりそんなこと、としか言いようのない質問だった。

「…………」

カリカリという周囲の机から聞こえる記入音が緊張感を煽《あお》る。みんなそんなにスラスラ書けることなのかと、みのるは頭が真っ白になった。

未来の自分。どうなりたいか。

考えたこともなかった。

クラスの八割がアンケートの記入を終えたとおぼしき頃、先生は笑って告げた。

「はい、お疲れさまでした。空欄なしに書けたかな？　これは皆さんの進路にまつわるアンケートでもありますよ」

　進路。将来どうするか。

　みのるのイメージだと、それは将来入りたい学校や、就《つ》こうとする仕事のことだった。これのどこが進路や将来の話になっているのだろうと、みのるはもう一度アンケートを見直したが、わからなかった。提出前にまわりの三人の人にアドバイスのコメントをもらいましょうというワークは、全ての記入欄を埋める前に行ってよいようだったので、みのるは最後の欄が空白のプリントを持ってうろうろすることになった。

　最初のコメントを、良太とは逆隣の席の女子にもらい、次に林くんにもらい——コメントは全部漢字だった——最後にみのるは良太の隣に戻った。

「おう！　待ってたぞ。じゃあ交換しよ」

　みのるは良太とアンケートを交換した。良太は勉強やお手伝いの項目が『あまりできなかったと思う』で、最後の学校の外での活動の部分だけが『とてもできたと思う』になっていた。隣にある過去の具体的な活動を書く欄には『めっちゃゲーム』と書かれている。みのるは笑った。

「岡山まで行ったことも書けばよかったのに」

「あれもそうなのか？　でも何か、俺だけ特別な体験してる感じが出てイヤじゃね？　そういうことも書いていいのかな?」

いいんじゃないかなとみのるが頷《うなず》くと、良太は『めっちゃゲーム』の下に、小さく『岡山で化石』と書いた。これで先生に伝わるんだろうかとみのるは思ったが、それ以上に気になることがあった。

「ねえ良太……何でこれが『進路にまつわるアンケート』なんだと思う? 未来のことなんか書いてないよ」

「知らねえー。先生に質問しなよ。ねえ先生!」

ちょうど机の間を巡回していた先生に、良太は元気よく質問した。ねえこれって進路にまつわるって言うけど、全然進路関係なくないですか? ただの振り返りじゃね?

先生は笑い、そうだねと頷いた。

「じゃあ逆に、赤木くんは、どういうことが進路に関係したアンケートになると思う?」

「え? それは…………」

将来どんな仕事をしたいか、ですか? という声がみのるの隣から聞こえた。授業中もよくハキハキと発言している、あまりみのるとは縁のない女子だった。うんそうだね、と先生は再び頷き、そこからは少し大きな声で喋った。みんなに話しかける時の声である。

「じゃあ、みんなは今いきなり、『将来どんな仕事をしたいですか?』って質問されて、答えられるかな。もちろん答えられる人もいるよね。小学校の頃から、将来の夢や希望はたくさん質問されてきたはずだ。でも、具体的にどうしたらその夢が叶えられるのか、そこまで考えている人はいるかな？」

クラスの中で手を挙げたのは三人ほどだった。それも特に促《うなが》されなくても質問に答えられるくらい自信満々なタイプの子たちである。そういう子と自分とはやはり縁がないなとみのるは思った。授業中のワークならばともかく、昼休みにどんな話をすればいいのかなどは想像もつかない。

それでもみんな、みのると同じ年齢のはずだった。

不思議だな、と思って見ていると、先生がまた喋った。

「そういう将来のことはね、これまでのことを丁寧に見直してゆくと見えてくることがあります。昔の人はこれを『温故知新』と言いました。古いことを調べると、新しいことがわかるよというような意味です。林くん、これは何て発音する？」

先生は黒板に『温故知新』と書いた。林くんは嬉しそうに笑い、大声で発音した。

「ウェングーチーシン！」

クラスは一瞬、水を打ったように静かになったが、その後まばらな拍手が起こった。林くんは得意げに一礼した。

「林くん、ありがとう。これも不思議な話だけれど、この言葉も実は、うんと昔に中国から入ってきた言葉なんだよ。それを日本でもずっと使っているから、同じ文字なのに、中国の読み方、日本の読み方、二つあるんだ。でも意味はほとんど変わらない」

古いことを調べると、新しいことがわかる。

つまり、過去のことは未来に続いているのだと、先生は言いたいようだった。

どうしてそんなことが言えるんだろう、とみのるは暗い気持ちになった。みのるの昔のことといえば、お母さんと一緒に苦労してきたことばかりである。あれが未来に続いているのだとしたら、みのるは将来また苦労するぞと言われているような気がした。たとえお母さんと再び一緒に暮らせるようになるとしても、それは少し嫌だった。

先生はハキハキと喋り続けた。

「みんな、好きなことも嫌いなことも、得意なことも苦手なこともあるよね。そういうことを思い出しながら、アンケートにいろいろ書いてみましょう。先生も読むのが楽しみです」

最後にちょっといいことを言って、先生はまた黙り、クラスの中をうろうろ歩き始めた。

みのるはしばらく温故知新の気持ちになろうと思ったが、うまくいかなかったので、良太に尋《たず》ねることにした。

「ねえ……大体の人って、大人になったら仕事をしてるよね。あれって、いつどうやって決めてるんだと思う？」

「ああ？　そんなの就職活動に決まってんじゃん。就活で仕事を決めるんだよ。高校生頃からみんな考えるんじゃね？　大学受験前から就活のことを考えておかないとやりたい仕事に手が届かないって、兄ちゃんぼやいてる」

「で、でも、その時にはもう『やりたい仕事』が決まってるわけだよね？　それはいつ決めてるの？」

「え？　……うーん……」

「昔のことを振り返ると、本当に決められるのかな？」

「いや……年収とかで決めてるんじゃねえの？　やりたい仕事って、イコールほしい年収じゃねえの？　そういうもんだろ？」

「うーん……」

　そういえばヨアキムさんの年収はどのくらいなんだろう、とみのるは考えた。どんな仕事をしているのか、そもそも仕事をしているのか。

　どうせ質問できるはずなどないと考えると、何故か次々に知りたいことが頭に浮かんでくるのが不可思議だった。

「……本当に、どうしてうちに来たのかな」

「あ？　何の話？」

「何でもない」

ホームルームの残り時間が十五分になり、アンケート用紙は後ろの席から前へ前へと回収されていったが、今日中に書ききれなかった人は持ち帰り、後日、ホームルームはないが先生に提出すればよいという。未提出者の名前を控えた後、先生はうんと頷き、教卓の前に立った。

「書いてくれてありがとう。今日アンケートを書けなかった人、がっかりする必要なんかないからね。こういうことを考えるのには時間がかかるのが普通です。悩みながら書いてくれたらいいよ。それでは今日はこれで終わり。日直！」

きりーつ、れー、というふいつもの号令で授業は終わった。

みのるは急いで林くんのところに行った。

「林くん」

「みのる。どうした」

「さっき……、いきなり中国語で読むようにって言われて……」

つらくなかった？　と尋ねるように、心配する視線を向けると、林くんはニッと笑った。

「何故つらい？　みんなの前で発表しろと言われるのは名誉だ。家で自慢できる」

「……………だったらいいんだけど」

「心配してくれる友達もいるしな」

それよりみのる、と林くんはヘッドロックをかけるようにみのるに組みつくと、廊下に連れ出し、懐《ふところ》から何か紙を取り出した。

「な、なに？」

「俺の小テストの成績だ。お前は見るべき」

林くんが取り出したテストは、まだ平均点には届かない点数の現代文テストだった。だが下のほうに分数が書かれている。分母の数字からして、クラスの中での順位のことのようだった。全ての科目の先生がこういうことをするわけではなかったが、現代文の先生はわりと順位をつけたがるほうで、それが二十一と書かれていた。

クラス全員の人数は三十名と少しである。つまり。

「俺はもう最下位じゃないぞ！」

「すごい！　すごいよ林くん！」

「ありがとうみのる。父にもまだ見せてないけど、これはまずみのるか、中田さんに見せなければと思った。あとヒロシだな。本当に感謝してる。俺はたぶん中国に帰るけれど、すごくいい経験をしている。そう思うよ」

みのるが目を見開くと、林くんは逆にびっくりしたような顔をした。何だ、どうした、と言われ、みのるはおずおずと問い返した。

「……帰るの？」

「え？　ああ。明日や明後日《あさって》じゃないけれどな。中学校を卒業したらってこと」

何で？　とみのるは尋ねたかったが、できなかった。それは聞いたらいけないこと、あるいは聞いても仕方がないことであるような気がした。かわりにみのるは別の質問を投げた。

「…………じゃあ、もう会えなくなるの」

「だから明日や明後日じゃない！　日本にいなくても動画通話はできるだろ。でも、ははは。そんな風に言ってくれる朋友《ポンヨウ》が日本にもいてくれるのは、すごく嬉しいな」

みのるはいきなり胸の内側にこがらしが吹き荒れたような気がした。そんな、友達に会えなくなるっていうのは、もっと先に起こるイベントなんじゃないか、と心が反論していて、気持ちの準備が全然できていなかった。

まごまごしているみのるに林くんは続けた。

「俺は将来、通訳になろうと思っている。俺の言葉がみのるを助けた、本当にありがとうって、中田さんに言われた時、すごく嬉しかったんだ。だから法廷通訳になりたい。日本でトラブルに巻き込まれている中国人や、中国でトラブルに巻き込まれている日本人を、俺の力でどんどん助けるんだ。みのるも応援してくれ」

「……すごい……」

「すごいだろう！　自分で言うのは変だが、かなりすごい夢だと思ってる！」

もちろんみのるもそう思った。

そして急に、みのるは自分がちっぽけに思えた。ちっぽけで幼くて、どうしようもなく未熟な存在に。

みのるは最後に、この話を正義や良太にしてもいいかと尋ね、もちろんだという返事をもらった後、林くんと別れた。

いつもの階段で待っていた良太に、みのるは林くんの『将来の夢』の話をした。

「ひょえー。すげー。法廷の？　通訳？　って何？」

「言葉が通じないところでトラブルに巻き込まれた人を助ける係……みたいなもの？」

「すごすぎ。俺そんな仕事があることすら知らなかったんだけど」

「僕も知らなかったよ……」

でも林くんは知っていた。もしかしたら身近な人に、そういう通訳が必要になるトラブルが起こったのかもしれないと思うと、みのるは心配になったが、そこまで首を突っ込んでいいとは思えなかったので、みのるは言葉を飲み込んだ。

ハーッと良太は天井を見てため息をつき、思い出したように口を開いた。

「なあみのる、『将来』っていつ来んのかな?」

「えっ?」

「将来の夢、って言うだろ。でもそれって具体的に何歳からの夢なのかなって」

「……それは、ちょっと、わかんない」

「意味不明だよな。『将来』って。しばらく放っておこうぜ。それよりみのる、今日の放課後は俺んち来ない? 昨日の今日でなんだけど、姉ちゃんがお前の話、もっと聞きたいんだって。さては中田さん狙いだな」

ふざける良太に、みのるは手を合わせるポーズをとった。

「悪いけど今日の放課後は、中華街に行くから」

「へえ、珍しー。じゃあまた今度な。気をつけて行けよ」

「うん」

放課後。みのるはおなじみになった福新酒家《ふくしんしゅか》への道のりをたどり、相変わらず歓迎してくれる林くんのお父さんから、大量のプラ容器に入った多種多様な中華料理を受け取った。

これが何、これが何、と林くんのお父さんは中国語まじりに説明し、みのるにはそれが少しでもわかることが嬉しかった。麻婆豆腐はマーポートウフだし、青椒肉絲はチンジャオロースである。

「シエシエ・ニー」

ありがとうございます、と林くんから習った言葉でお礼を言い、みのるは店を出て行こうとした。林くんのお父さんも店の奥に引っ込んでいった。

だが。

「そこなる少年」

店の中の誰かが、日本語で話しかけてきた。

営業時間ではないため客人のいない、がらんとした店の玄関脇、みのるの死角であった場所に。

地獄《じごく》の閻魔《えんま》さまのような、古めかしい中国風ローブをまとい、付け髭《ひげ》――でなければ野生のサンタクロースの可能性があるような髭――を装着し、瓶底《びんぞこ》眼鏡をかけ、ローブと同じ色の三角帽子をかぶった、男。

流暢《りゅうちょう》な日本語を喋る男の目は、しかし青色だった。

この人は何なんだろう、と両手でプラ容器の入った袋を持ちながら、みのるは眉間《みけん》に皺《しわ》を寄せた。男は笑った。

「君を占ってあげよう。僕は中華街名物の占い師。さあ、こっちへおいで」

「す、すみません、帰らなくちゃいけないので……」

「そんなこと言わず！　ちょっとでいいから僕の占いを聞いてきなよ！　いろいろ勉強してるんだから！」

　無視して帰ろうとしたみのるの後ろで、誰かがカンカンという音を立てた。

　振り向くと、おたまと中華鍋を持った男が立っていた。

「そこの不審者。占いをしないんだったら奥に入ってください。仕込みが終わってないんですよ」

「ヒロシさん……！」

「ああ、みのるさんですか。どうも。今日もバイト中のヒロシです。そこの占い師は、まあ見るからに不審なんですが、俺の腐れ縁非道仲間みたいなものなんで、それなりに信頼できますよ」

「『腐れ縁非道仲間』ってひどくない？」

「他に何て言ったらいいんですか？　『軽佻《けいちょう》浮《ふ》薄《はく》醜《しゅう》悪《あく》奸邪《かんじゃ》ストーカー』？」

「もっとひどいんだけど」

不審な占い師はヒロシの友人であるようだった。そして占いの勉強をしているという。ちょっと付き合ってあげたほうがいいのかな、と思い、みのるは料理の袋を空いているテーブルに置き、占い師の前に置かれていた椅子《いす》に座った。

閻魔さまスタイルの男はローブから大きな手を取り出し、みのるの手の甲を下にさせて左手で優しく握り、パーの形にした右手をその上でぐるぐると回した。胡散《うさん》臭さの極みのような行為にみのるは焦ったが、ジェスチャーは思いのほか素早く終わった。

「見えてきた！　君には新たな希望の星が近くに存在している！」

「ああ……はあ……」

「察するに君は、若いのにたくさんの苦労をしてきた人だね。優しくて、他人にいっぱい気を遣ってしまうから、心が疲れちゃうこともあるけど、それでも人に優しくしようとするのをやめない。世の中では少数派だけど、いるよねそういう人。僕は君を心から尊敬する」

「そ、そんなことないです……！　それは僕の、あの、お兄さんみたいな人のことです」

「僕の義理の弟もそういうタイプだ。『兄弟』つながりで僕たちは似てるのかもね」

占い師ってこんなに自分のことを話すものかな、とみのるは少し不思議に感じたが、勉強中だというのでそういうこともあるのかなと思うことにした。何事にも不慣れなうちがあるものである。それからも占い師は、みのるのことをほとんど褒め殺しにするように、ああだろうこうだろうと告げた。誕生日くらい尋ねたほうがいいのではないかとみのるは思ったが、口にしては失礼になるかと思って黙っていた。

しばらくの後、占い師は急に真剣な顔になり、みのるの手をそっと放した。

「さて、これが最後のお告げになるんだけど……君、もしかして最近、知らない人と出会ったりしなかった？　星が告げてる」

「ああ……あの、占い師さんと会ってます」

「そ、そうだね。でもその他にも、誰かそれっぽい人に出会わなかった？　『異国だなあ』って感じるような、『何なんだろうこの人』って思うような」

「あ」

みのるの頭には、眠そうなヨアキムの姿が浮かんできた。占い師はその幻影をつかんだように、そうそれ！　と頷いた。みのるは怖くなったが、占い師は逆に、嬉しそうな、それでいて少し悲しそうな顔をした。

「……その人、元気？　その人が元気だと、君の運勢は急上昇。そんなに元気じゃなくても悪いことにはならないけど、元気だと嬉しい。じゃなくて、君の運勢はグンと上昇する」

「ね、眠たそうでしたけど、元気だと思います」

「そっかあ」

よかった、と呟《つぶや》いた後、占い師は自分の発言を取り消そうとするようにあーあーと呻《うめ》いた。よくわからないなりに、みのるは聞かなかったことにした。

ありがとうございましたとお辞儀をし、みのるは再び山手の長い階段をのぼってマンションへと戻った。

リチャードも正義もまだ仕事中で、家にいたのはヨアキムだけだった。リビングのソファに腰掛けて、大きな携帯端末で何かを読んでいる。スワイプしているのは、英語の新聞のような、雑誌のようなものだった。

おかえり、と告げるように、ヨアキムは笑顔でみのるに手を振った。みのるも振り返した。

中華料理一式を冷蔵庫に収納し、部屋で宿題を済ませてしまうと、みのるは手持ち無沙汰になった。思いのほか宿題が少なかったのである。こんなことなら良太の家に遊びに行ったほうがよかったかなと思いつつ、喉《のど》がかわいたみのるはおっかなびっくりリビングに顔を出した。

ヨアキムはまだ、深刻な顔でスワイプを続けていた。

ひょっとして声をかけたほうがいいのかもしれない、とみのるは思った。ヨアキムとお母さんとは全く違う存在だったが、思いつめた顔には見覚えがあった。お母さんがそういう顔をしている時は、大体何かつらいことを思い出している時で、みのるが声をかけない限り、いつまでも思い出の中に囚《とら》われている。

「あ……あの」

みのるが声をかけると、ヨアキムは少し驚いた顔をした。今そこにみのるがいることに気づいたようだった。

何を言うべきか全く考えていなかったので、みのるは頭の中で今日の学校での日常会話をひっくり返し、英語っぽいトピックを探し、一つ、思いついた。

「あの……アイハブア・クエスチョン……」

MJって知ってますか？　と。

『を知っていますか？』『は好きですか？』式の質問が、みのるには精一杯だった。三分くらい場がもてばいいなと思っていただけの質問だった。

だが効果はてきめんだった。

知ってる、知ってる、とヨアキムは全身でリアクションし、何故かすっくと立ちあがると、みのるの前で帽子を直すような仕草をした。そして足腰をちょっと不思議な角度にシャキシャキ曲げ、最後に。

前に歩いているような動きで、後ろに歩いた。

足は前に出しているのに、何故か体は後ろに五十センチほどさがる。

「うわー……！」

みのるが拍手をすると、ヨアキムは芝居がかった仕草で頭を下げた。

そしてみのるに、新しい情報を与えた。

『私は、ダンサー』と。

みのるにもはっきり理解できる英文で。

その時初めて、みのるは自分が今まで、英語を確かに勉強していたのだという心の震えのようなものを感じた。相手の言っていることが理解でき、かつ意思の疎通ができてしまうことが、とんでもない奇跡に思えた。

みのるがガクガクと頷いた時、ポケットに入れたままだった端末が震えた。どうぞ、とヨアキムが促したので、みのるはおずおずと端末の画面を見た。

真鈴からのメッセージだった。

『みのる、三脚持ってる？　縦にスマホが挟めるやつ』

マンションには高さを調整できる黒い三脚が二つほどあった。正確に言えば中田正義の持ち物ではあったが、リチャード・正義・みのるが好きに使ってよい、輪ゴムやホッチキってくる。

スのようなアイテムだったので、みのるは『あるよ』と返信した。即座にメッセージが返
『港の見える丘公園まで持ってきてくれる？　悪いけど』

ああ真鈴は全然『無理』とか『何で？』とか言われることを想定していないな、とみのるは理解した。真鈴のそういうところがみのるは少し好きだった。クラスの女子がキャーキャー騒ぎながら話題にしている、よく意味のわからない『好き』ではなく、遠慮しないでものを言ってくれる友達として好きだった。

みのるはヨアキムに、簡単な英語で状況を説明した。『しなければならない』式の言い方をみのるは知らなかったので『私は公園に行きます』『友達が待っています』、そして三脚を納戸から取り出して『これを持って行きます』という三つの文章でしのいだ。ヨアキムは完璧に理解してくれたらしく、オーケーと長い指でサインしてくれた。

そしてまた、英文の表示された端末に目を落とし、暗い目をした。

みのるは思わず口にしていた。

「レッツゴー………？」

一緒に行きませんか？　と。

もう少し何とか誘う言葉があったような気がしたが、みのるは思い出せなかった。

ヨアキムはアーモンド形の目を大きく見開き、長い睫毛《まつげ》をバチバチと動かした。いいの？　と確かめるような目に、みのるは反射的に頷いた。

ヨアキムはちょっと外に出て、散歩か何かをしたほうがいい気がした。

もし嫌だったら無理しなくていいです、は何と言ったらいいのだろうと、みのるがうんうん唸《うな》っているうちに、ヨアキムはちょっと待ってとハンドサインした。そしてガツガツブオンブオンという音を立て、十分で化粧とヘアセットを終わらせて出てきた。ヨアキムは化粧がとても上手だった。

最後にヨアキムは、リビングのソファに右足をでんと乗せ、ポケットから金色のチェーンを取り出し、装着した。チェーンにはペンダントのようなフックと、宝石が幾つか付いているようだった。みのるの見る限り、どれも違う色の石だった。

きれいだな、と思っているうち、ヨアキムは顔を上げ、みのるを見下ろしていた。

「レッツゴー！」

もしかしてちょっと困ったことになるかもしれない、と予感した時には既に遅かった。

港の見える丘公園まで、みのるの家からは十五分もあれば到着してしまう。園内はバラ園と展望台に二分されていて、展望台のほうはがらんとしているのであまり観光客が多くない。そこに女の子たちがジャージ姿で集《つど》っていた。結局真鈴は練習に付き合ったんだな、とみのるは笑った。

　みのるとヨアキムを発見すると、真鈴は少し驚いたようだったが、集団から出て、小走りにみのるに近づいてきた。はいこれと三脚を渡すと、真鈴はまずありがとうと言ってくれたが、すぐ尋ねた。

「こっちの人、誰？」

「ヨアキムさん」

「って誰」

「リチャードさんと正義さんの、友……達……？」

「ちょっとやめてよ。ほぼ『知らない大人』じゃない」

「で、でも、うちで寝泊まりしてるから！」

「君の家ってフリーダムすぎ」

　ハロー、とヨアキムが陽気に手を振ると、真鈴もこなれた発音でハーイと返した。そして二人はみのるにはまだ聞き取れない速度で英会話をし、最終的に真鈴が何かに驚いていた。どうしたの、とみのるが水を向けると、真鈴は日本語で喋った。

「この人プロのダンサーなの？　何でそんな人が君の家にいるの？」

「えっと………」

何もわからない、という言葉は無責任に思われた。どうしたらいいんだろう、と思っている間に、真鈴の後ろの集団が踊り始めた。音楽はない。公園の中で大音量の曲をかけるのは禁止されている。そのかわりにそれぞれの耳に入ったブルートゥースイヤホンが、同時に音楽を流している。

あれ何の曲なの？　と尋ねたヨアキムに、真鈴は懐の端末を見せた。流行《はやり》の韓国のガールズグループの曲のようである。へーえ、と言いながらヨアキムは少女たちを観察し、真鈴に何かの許可を求めた。真鈴は「みんなに聞いてくる」と日本語で答えた後、仲間たちのところにたっと駆け戻っていった。

女子の集団はしばらく何かを話し合っていたが、一分ほどで真鈴が両腕で、頭の上でマルを作った。

「ＯＫだって！　みのる、そこで録画用スマホと三脚、押さえててくれる？　風が強くてひっくり返りそうだから」

「ねえ、何がＯＫだったの……？」

「ヨアキムさんが『ダンスを見ていってもいい？』って言ったから、その件！」

「…………」

自分一人ではマンションに帰ることはできない。みのるは三脚の固定係を承諾した。

そこからの流れを、みのるは動画サイトの『定点観測動画』のように、固定のアングルから見守ることになった。

真鈴たちは無音の中でワンツーワンツーと声をかけあって踊っていた。上手だなあとみのるは思ったが、ヨアキムはそうは思わなかったようで、終始かたい表情をしていた。一曲分踊り切ったところで、ヨアキムは巨大な音を立てて拍手をし、グッド、グッド、と言い立ち上がった。

そして。

全く同じ振り付けを、より切れ味鋭く、楽しそうに、ダイナミックに踊った。

何かの間違いだとみのるは思った。ヨアキムはさっきここにみのるが連れてきただけの相手なので、真鈴たちのダンスを予習しておくことなど不可能である。一回ぽっきりの鑑賞であるはずだった。にもかかわらず振り付けは完璧で、何となれば完璧『以上』である。どう？　と言わんばかりに真鈴たちをヨアキムが見ると、女子たちはどよめきをあげて拍手をした。

「すっご」

「おわあ……」

「信じらんない！」

「レベル違いすぎて吐きそう」

　優雅にお辞儀をするヨアキムに、女子たちはたかり、真鈴を通訳にしてあれこれと質問をしているようだった。どこから来たんですか。ダンサーってどんな踊りを踊ってたんですか。ヨアキムはその全てに適当に答えているようで、真鈴は苦しそうな顔をしながら「よくわからない」と応じていた。流れ作業のように、謎の外国人ヨアキムはダンスの先生になった。

　一時間ほど、みのるが録画担当者――時々真鈴が戻ってきて端末を回収し、メンバー全員で画面を覗《のぞ》き込んで「ここがずれてる」「ここがいい」などと話し合う時にだけ存在する――として座り込んでいるうちに、素人《しろうと》目に見ても、真鈴たちのダンスはめきめきと格好よくなっていった。みのるの隣で手を叩きながら英語で数を数えているヨアキムも、真剣な眼差しで監督している。

　これでもかと踊った末、ダンスグループはヨアキムの前に来て頭を下げた。撤収の時間になったらしい。

「ヨアキムさん、ありがとうございました！」

「あのー、明日もまた来てくれますか？」

「真鈴、聞くだけ聞いて」

ヨアキムの返事は快《こころよ》い「オフコース」だった。女子たちはきゃっきゃと喜び、深々と頭を下げて去っていった。

「じゃあ、また明日」

運が良ければ、と。

真鈴は不思議な言葉を言い残し、みのるとヨアキムに別れを告げた。

結局三脚を貸すのではなく、持ってきて持って帰るだけになってしまったなと思いながら、みのるはヨアキムと家路をたどった。夕食は中華である。支度をする必要がないので気軽だった。

「ヨアキムさん、ダンスが好きなんですね」

みのるは女子たちを見習って、日本語でヨアキムに話しかけてみた。ヨアキムはわからないという顔をして肩をすくめたが、表情は明るい。奇妙な結果になったものの一緒に外に出たのはよかったかもしれないと、みのるは胸を撫《な》で下ろした。

リチャードと正義が帰ってくると、和《なご》やかに歓迎会が始まった。みのるも加わったが、あまりにも中華料理がおいしくて食べることに一生懸命になってしまったので、夕方の公園でのダンスレッスンの話を二人の保護者に打ち明けるのを忘れていた。明日の朝でいいかなと思っていたが、朝には二人が『空港まで常連さんの出迎えにゆく』とかでそれどころではなかった。

登校したみのるは、朝のホームルームより先にやってきた真鈴から、簡潔な報告を受けた。

「ヨアキムさんのレッスンの件だけど、受けるのは私だけになったから」

「え？」

「他のメンバーは参加しないの」

保護者に相談したんでしょ、と真鈴は適当ぶった口調で告げた。

そしてみのるは気づいた。

ヨアキムは外国人である。日本語を喋らない。みのるの保護者ではなく、保護者『の知り合い』という曖昧《あいまい》な立場でもある。そして。

男か女か、はっきりしない。

尋ねていいことなのかどうかわからないので、みのるはまだ尋ねられていなかったが、もし昨日の素敵なレッスンの話をガールズグループのメンバーが家族に自慢したら「で、その先生は女なの？　男なの？」と、基本情報の確認として聞き出されることは確実である。

その質問に答えられなかった以上、保護者たちの心象は、みのるにも想像できた。

みのるは何故か、自分が軽くぶたれたような衝撃に見舞われ、何も言えなくなった。ちゃんと自分がヨアキムに確認しておけばよかったというのとは違う、自分で自分に説明できない何かもやもやした感覚に襲われていて、真鈴にも理解してもらえる気がしなかった。

みのるが一瞬黙って、ごめんと告げると、真鈴はからっとした調子で首を傾《かし》げた。

「何で君が謝るの？　私は逆に『私だけこんなにトクをしていいのかな』って思ってるくらいだけど」

「真鈴は…………いいの？」

「何が？」

せっかく新しい女子の友達ができて嬉しそうだったのに、またこういう『個人行動』をしたら、折り合いが悪くなったりしないか。

言葉にできないまでも、うかがうような眼差しでみのるが伝えると、真鈴は笑った。

「あのね、そういう時に躊躇《ためら》うような女子は、男の子二人と一緒に岡山旅行に行ったりしないから。うちのお母さんは、よく言えばそういうのに寛容なの。悪く言うなら放任主義」

「お父さんは？」

「言ってなかったっけ？　お父さんはいないの。うち、シングル家庭」

みのるは目を見開いたまま、何も言えなくなってしまった。

いないって、生きてるの？　離婚したの？　どういうこと？　うちもいないんだよ。生死不明なんだ。お母さんはどうしてるの？　つらいことはないの？　悩むことはないの？

みのるは何か言いたくて、しかし喉の奥からシロナガスクジラを産もうとしているような巨大な喉のつっかえに見舞われ、結局何も言えなかった。言いたいことがありすぎた。真鈴は気を遣われていると思ったようで、それ以上は何も言わなかった。

「そういうわけで、ヨアキムさんには私だけ特訓してもらうから。今日は音楽をかけて踊りたいから、うちの事務所が借りてるレッスン室を使う予定。予約が受理されたら、地図アプリで場所を送るから確認して。それじゃあ」

「うん」

ぼーっとしたまま一日の授業をやり過ごして帰宅すると、ヨアキムはぴかぴかのジャージに着替えていた。買ってきたものではなく、正義が時々街を走る時に着ているジャージで、足の長さが少し足りていなかったが、ともかくやる気満々という風情《ふぜい》である。

みのるは申し訳ない気持ちになりながら、それでも何も言えなかった。ヨアキムさんは『あやしい人』だと思われたみたいで、保護者の許可が取れなかったので、真鈴以外の女の子たちは来ないことになったんです。ごめんなさい。どんな英語にすればいいのかわからなかったし、そもそも日本語でもこんなことは言えない気がした。

どうしたの？　と話しかけてくるヨアキムに、みのるは首を横に振った。

そしてずっと気になっていたことを、思い切って尋ねようかと思った。

「ヨアキムさん、あの…………」

ヨアキムさんは男なんですか？　女なんですか？　と、みのるは尋ねようとして、尋ねられなかった。今のところみのるにとって、『英語』とは大きすぎて使い方に四苦八苦している斧《おの》のようなものだった。うまくすれば切りたいと思っているものをスパンと切ることができる。だが一度扱いを誤れば、腕を落としてしまうかもしれない。自分だけではなく、言葉をかけた相手の。

結局何も言えず、みのるが頭を下げると、ヨアキムははーっとため息をついて、何かを携帯端末に話しかけた。そして次に、端末の画面をみのるに見せた。そこには日本語が書かれていた。翻訳《ほんやく》アプリを通したのである。

『私は簡単に傷つきません。心配をしないでください。質問は何でも歓迎です。私はあなたが大好きです』

みのるは目を見張った。ヨアキムは強く、そしてリチャードや正義のように、優しい人であるようだった。

知りたいことはもちろんあった。性別のこと。ここにやってきた理由のこと。しかしそのどれもが、いい加減な気持ちで尋ねてはいけないことのような気がした。促すようにポーズを取ったヨアキムの右足で、宝石のついた鎖がきらりと光った。

考え、考え、考えた末、みのるの口をついたのは、

「これ……何ですか?」

これ、とみのるは宝石の鎖を指さした。

あまりにも無難すぎる質問だった。

一拍置いて、ヨアキムは笑い始め、もうよしてよという女子のように手をひらひらさせると、再び端末に話しかけた。

『これはナワラタナというものです。占星術的な意味があります。ラッキーを呼び寄せてくれると言われています』

「そ、そうなんですね! ありがとうございます」

みのるは自分自身の臆病さを軽蔑《けいべつ》しながら、ヨアキムに頭を下げた。ナワラタナ。どこの国の言葉なのかもわからなかったが、ともかくみのるは質問をし、ヨアキムは答えてくれた。

みのるが沈黙していると、ヨアキムは再び、端末に英語で何かを話しかけ、みのるに端末を差し出した。少し待っていると日本語が表示される。

『あなたが私に質問しようとしたことは、恐らく私が何度も自分に質問してきたことと同じです。でも私はその答えを持っていません。だから答えることができないと思います。あなたの優しさに私はとても感動しました。ありがとうございます』

みのるは目を見開いた。そして気づいた。

きっと今までにも何十回と、もしかしたら何百回と、ヨアキムは同じ質問を受けてきたのかもしれなかった。見るからにそういう風貌《ふうぼう》をしているからである。リチャードを見た人間が『美しい』と反射的に思ってしまうのと同じように、ヨアキムを見た人間は『男と女どっちかな?』と思ってしまう。そして声をかける。あるいは質問する。あなたはきれいですね。あなたは男と女どっちですか? みのるはリチャードと二人で歩いている時に遭遇する、無遠慮な声の数々を思い出した。

嫌な声だった。

ヨアキムが『ありがとう』と言ってくれた理由に思い至り、みのるは首を横に振った。申し訳ない気持ちがした。だがヨアキムは笑い、続けて端末に声を吹き込んだ。

今度の日本語翻訳は、さっきより少しだけ短かった。

『あなたには私がここに来た理由を話します。私は恋人と大きな喧嘩《けんか》をしました。恋人はとても良好な人です。私には良好すぎます。喧嘩別れできたらいいと思っています』

「え、え……？」

みのるは三十秒ほど考えて、考えるのをやめた。あまりにも大人な、真鈴であってもわからないトピックである気がして、自分についてゆけるとは到底思えなかったからである。恋人。喧嘩。良好すぎます。喧嘩別れできたらいい。謎にも程があった。

約束の時間が近づいてきたので、みのるは再び「レッツゴー」と言い、ヨアキムも「レッツゴー」と答えた。

真鈴が地図アプリで転送してくれたのは、みのるが行ったことのない雑居ビルの並んだ場所だった。正義の家からの徒歩圏内にこんな場所があったことすらみのるは知らなかった。何でもない古いマンションのような建物の一室で真鈴が待っていて、中は鏡張りの大きな部屋になっている。床はつるつるの板で、踊りやすそうだった。

「今日もよろしくお願いしまーす。みのるもせっかくだから一緒に踊ったら？」

「ぼ、僕はダンス部じゃないよ！」

「私だってダンス部じゃないよ。一人で踊るのって何か嫌じゃない？　体操服持ってないの？」

持ってきていた。

ヨアキムに「みのるは？」と翻訳アプリを介さず言われ、無視するのも気まずいので飾りのように持ってきただけの体操服が、みのるの鞄《かばん》には入っていた。『霧江みのる』という名札が貼られていて、真鈴のスタイリッシュなジャージの隣に並んだら場違い感で消し飛びそうな服である。

あっち、と着替えブースを顎《あご》でしゃくられると、平民みのるとしては真鈴姫のいうことに従わなければならないような気持ちになり、最終的に拒否権はなかった。

「オーケー！　レッツダンス！」

ヨアキムは真鈴だけではなく、みのるにも通じるように、平易な英語だけを使った。残りの会話は全てがボディランゲージである。ダンサーであるというヨアキムの体は、言葉がないのに雄弁だった。そして教え上手だった。港の見える丘公園で何回もダンスを見ていたことも加わり、みのるも何となく、イケている女の子たちの踊りの真似くらいまでは近づけるようになった。

ヨアキムはそのうち真鈴のことを「マリリン」と呼ぶようになった。真鈴もヨアキムを「キムさん」と呼ぶようになった。レッスンは三日続き、一日休みになり、また三日続いた。一週間が過ぎた。みのるの動きもそこそこは様になってきたような気がした。

みのるはその間に、ヨアキムとの距離が徐々に近づいてゆくのを感じた。

そして学習発表会の当日。

ヨアキムは学校に行こうとしなかった。

みのるが誘っても、笑顔で一言「ノー」と言うだけだった。

「えっ……見学は、自由なんですよ。大人も子どもも、誰でもフリーに入れるんです」

どうしてですかとみのるが驚くと、ヨアキムは肩をすくめるばかりだった。翻訳アプリをダウンロードした自分の端末をみのるが差し出しても、何も言おうとしない。

真鈴と喧嘩でもしたんですか？　と尋ねると、ヨアキムは爆笑し、再びノーと告げた。

そしてみのるが心配そうな顔を崩そうとしないとみると、大きな手で頭を撫でてくれた。

「ドント・ウォリー」

心配しないで、と言われても、気になるものは気になった。

前日から泊まりの仕事が入ってしまった正義は、午後から学校に来てくれるという。リチャードも今日はねぼすけモードになる暇もなく、既に出かけた後である。

学習発表会のキャッチフレーズである『ウキウキ・ドキドキ』とは程遠い気持ちで、みのるは学校に向かった。それでも色紙や花紙でカラフルに飾り付けられた学校に到着すると、多少は気分が浮き立った。保護者たちがボランティアでバザーを開いていて、あげたてのコロッケが百円である。おいしかった。

「みのる！　真鈴の発表、前から三番目だってさ。ダンス部も大変だよな、あれだけ部員がいるのに、発表時間が二時間しかないんだから。もうあれは何かのスポーツみたいだよな」

ダンス部は開帆中学有数の大所帯であるものの、その他の部活動や団体にも公平にステージ発表時間を割くために、人数割の融通を利かせることはできない。そんなわけでダンス部に所属する無数のグループたちは、編集して短くした一曲を踊り切ったら即舞台袖《そで》に引っ込み、あとは客席から応援するという忙しい立ち回りを余儀なくされていた。しかも発表時間は朝一番の九時からである。

固唾《かたず》をのんで見守る保護者たちの隙間《すきま》に陣取り、みのると良太は真鈴の登場を待った。踊らないの？　と。

みのるは土壇場に真鈴から誘われていた。ガールズグループの曲ではあるけれど、別に男子が一人いてもいいんじゃない？　せっかく練習したんだし、と。真鈴の申し出をみのるは丁重にお断りした。踊るだけならばまだしも、『その後』に起こるであろうことが怖すぎた。

真鈴は「そういう『ノイズ』は無視すればいいじゃん」と言ったが、みのるにはそんなことができる自信がなかった。

「お、始まるぞ」

三年生のヒップホップ風ダンスの後、流れ作業のように真鈴たちのダンスが始まった。舞台袖から飛び出してきたところからもう音楽が始まる。以前の段取りとはちょっと変わったようだった。恐らくは時間の関係で。

真鈴のダンスは抜きんでていた。ヨアキムに「ここはこう」と教わった部分を、真鈴はしっかり自分のものにして、他の誰よりも華麗《かれい》に、キレキレに踊っていた。水晶の中に、一粒だけダイヤモンドが交じったように。

あれ、とみのるは思った。

スニーカーと、ピンクのジャージの裾《すそ》の間の足首に、何かが輝いている。金色のチェーンと、キラキラ輝く石のようなもの。

どうして真鈴があれを、と思った時、後ろの座席の誰かが喋った。

「一人だけうますぎだろ。やっぱモデルは協調性がないなー」

周囲の男子がドッと笑った。だがみのるは聞かなかったことにした。

真鈴が踊っている。真鈴が格好いい。真鈴が友達と踊っている。

みのるにとって、それが一番大事なことだった。みのると同じく声を無視した良太にとっても、恐らくは。

フリーズと呼ばれる集団決めポーズの後、拍手に包まれて真鈴たちはダッシュで退場した。入れ替わりに上級生の男子グループが入ってきて、激しいロックミュージックと共に踊り始める。舞台の上を走り回るようなダンスだった。すぐに真鈴たちが客席の空いていた部分に戻ってくる。みのるたちと一列違いの後方だった。みのるがグッドというハンドサインをすると、真鈴は「当然」と口の形で応じ、つんと澄ました。

上級生のダンスが終わり、音楽が切れた時、声が聞こえた。

「そういえばあの人さあ」

公園に来てくれた人、と真鈴と同じダンスグループの女子が話しだすと、ああ、と誰かが受け合った。

「格好よかったけど、結局何だったんだろうね？」

「男の人だったのかな？　背がすごく高かったし」

「でもスーパーモデルとかは百九十とか余裕であるじゃん？」

「珍しいもの見たねー。お客さんにいた？」

「いなかった、いなかった。いたら大騒ぎになったんじゃない？」

「確かにー」

きゃははは、という笑い声の後、みのるは真鈴の声を聞いた。

「……『人』は、『もの』じゃ、ないっつの」

低く押し殺したような声で、小さかったが、確かに聞こえた。

真鈴の言葉に、みのるは無言で、しかし力強く頷いた。

全ての公演が終わると照明がつき、客席の人々もすし詰め状態だった会場から離脱可能になった。

みのるは人をかきわけ真鈴に辿《たど》り着き、ねえ、と声をかけた。

「お疲れさま。でも、その足の、アンクレット……？　どうしたの」

「ああ、見えたの？」

真鈴は人波の邪魔にならないように壁際により、でんと右足を頭の高さまで持ち上げ、バレリーナの屈伸のように壁にもたせかけた。

きらきら輝くアンクレットには、大きいカラフルなビーズが九つ、はまっている。

「キムさんが着けてるのを見て、私もこういうのがほしいって言ったの。そうしたらこれは『アミュレット』だから、自分で自分のために作ってあげるといいよって言われてさ。柄でもなく手芸品店に行ってビーズ細工だよ。けっこう上手にできてない？」

「すごくいいよ！　あと、そうだ、ダンスもよかったよ」

「当たり前。まずはそれを言うべき」

みのるが慌てると、真鈴はヨアキムのように口を開けて笑った。

出し物は午後の二時に全て終了した。いつもより少し早く下校できたので、みのるは一目散に帰宅した。ダンス部以外の人間による舞台の撮影は、SNSトラブルなどを考えて学校で一律禁止されていたが、部員および助っ人たちには、自分たちの踊った動画だけは配布される。みのるはそれを真鈴経由で受け取っていた。

大画面液晶テレビに映し出された、あまりぱっとしない中学校の舞台に、ヨアキムは声をあげて脚をばたばたさせた。

「ワオ！　ワオ！　ワンダフル！」

ダンス部の助っ人は大喜びで、画面の中の女子たちと一緒にブンブンと手を振ったり脚を動かしたりし、ライトがどうの、カメラがどうのと、みのるにも断片的には理解できる英語でぶつぶつと独り言を言っていた。

みのるはそれが何だか不思議だった。

確かにヨアキムに動画を見せたら喜んでくれるだろうとは思った。だがこんな風に、まるでハリウッドの大作映画を見ているようなテンションで大喜びするのは予想外だった。ヨアキムは『ダンサー』であり、素晴らしい身体能力の持ち主である。

だったらもう、こんなものは見慣れているんじゃないかとみのるは思った。

怪訝な顔をしているみのるに気づくと、ヨアキムは何かを悟ったような顔をし、端末に話しかけた。英語の音声が日本語の文章に変換され、みのるの前に差し出される。

『私はあまり学校に通えなかったので、こういう催しをとても愛《いと》しく思います。見せてくれてありがとうございます』

「…………」

みのるは少し迷ってから、端末に言葉を吹き込んだ。

『どうしてあなたは、あまり学校に通えなかったんですか？』

震えてしまうような質問だった。だがヨアキムは、緊張しているみのるに微笑みかけ、ゆっくりと口を開いた。端末にではなく、みのる本人に。

「アンラッキー。ベリー・プアー。アンド・ビジー」

「……ぷあ……」

それは『貧しい』という意味の単語だった。ビジーは言うまでもなく、『忙しい』。子どもなのに忙しいというのはどういうことなのだろうと思ったが、みのるは少し前の自分の姿を想像し、理解した。公共料金の払い込みに行ったり。安いパンを売り出す時間に買いに行ったり。他にもいろいろ。

みのるは急に、ヨアキムといろいろなことを話したくなった。家が貧乏だとつらいですよね。毎日しんどいことばかりじゃありませんでしたか。いきなりお金持ちのお兄さんができて、いろいろと面倒を見てもらえることなんて本当にあるんでしょうか。これは何かの間違いじゃないんでしょうか。百歩譲って間違いではないとしても、僕はそんなありがたい幸運にふさわしい人間なんでしょうか。とても申し訳ない気持ちがして、時々逃げ出したくなることがあります。

だがみのるに、そんな言葉を英語にする能力はなかった。

みのるは急に、自分が死ぬほどもったいないことをしている気がして泣きたくなった。もし今まで、リチャードや正義に「英語を教えようか」と言われた時、学校の宿題だけで十分ですなどと言わずに、もっとたくさん習っていたら、ヨアキムとお喋りができたかもしれない。

みのるは絞り出すように告げた。

「アイウォントゥー・スタディ・イングリッシュ・モア……」

間違っていなければ『もっと英語を勉強したいです』という意味の文だった。本当なら『もっと英語を勉強しておけばよかったです』と言いたかったが、言い方がわからない。

こんなことしか言えない、とみのるが目を伏せると、ヨアキムは今度はわしわしと犬を撫でるようにみのるの頭を撫でた。そして歌うように告げた。

「ユーキャンドゥー・エニシング・ユーウォント。ユーキャンビー・エニワン・ユーウォント」

みのるがきょとんとしていると、ヨアキムは残りの言葉を端末に吹き込んだ。液晶画面に次々と日本語の文章が表示される。

『みのる、あなたのやりたいと思うことを、思う存分にやってください』

『それらはあなたの所有する宝石になります。それらは誰にも奪うことができません』

『たくさんの宝石を集め、育《はぐく》んでください。それらがあなたを形作ります』

宝石。

集め、育む宝石。

みのるはリチャードが見せてくれた、色とりどりの宝石の首飾りを思い出した。林くんのお父さんの珊瑚《さんご》や、谷本《たにもと》先生が与えてくれた化石や、ヴェネツィアン・グラスの炎のようなガラスを。幾つかは『宝石』ではない気がしたが、みのるの中では不思議と同じカテゴリにおさまっていた。

あんなものを。

もし自分が集め、育んでゆけるなら。もし本当にそんなことができるのならば。

みのるの未来は、とても明るい気がした。

そんなのは無理だと、みのるは考えないことにした。もし本当に無理だったとしても、今そんなことを言ったら、せっかくいいことを言ってくれたヨアキムに失礼な気がした。

みのるは否定するかわりに尋ねた。

「ヨアキムさんの宝石は……何ですか……？」

今度のみのるは、端末の力を借りて質問した。ヨアキムは再び端末ではなく、直接みのるに告げることを選んだ。みのるにも理解できる単語、三つで。

ダンス。

言葉。

そして友達。

そう言ってヨアキムは、ほとんど何も入らないサイズではあるがビビッドでカラフルでかっこいいクラッチバッグを持ってきて、中から白い木綿《もめん》の巾着《きんちゃく》袋を出した。中にはダンスの練習中、いつも足首で輝いていたアンクレットが入っていた。

「あ、そういえば、真鈴がこれを真似してました。あみゅ……何とかだって」

「マリリン！」

ヨアキムは楽しそうに笑い、両手をわたわたと動かした。キュートとかチャーミングという言葉が続くので、ヨアキムが真鈴を気に入っていることがよくわかった。

みのるはおずおずとアンクレットを指さした。

「ナワラタナ……イズ……ワット……？」

ナワラタナって何なんですか？　と。

ほうほうのていの英語で、みのるは疑問を投げかけた。ワットイズディス？　ディスイズアペン、という例文は、実はあまり役に立たないんじゃないだろうかと、みのるはその時初めて思った。ペンと言われた後に、何と言葉を続ければいいのか書かれていないからである。

ヨアキムは少し迷ってから、端末に言葉を吹き込むかわりに、何かを検索したようだった。これ、と示されたのは、英語のたくさん並んだページである。うへえ、とみのるが顔をしかめると、ヨアキムは画面の右上のほうの本のようなマークをタップした。英語が徐々に、徐々に、日本語に変換されてゆく。

一番上にはこう書かれていた。

『星のお守り　ナワラタナ』

インドでは科学の一つとされているヴェーダ占星術に基づき、一人一人の生まれた年月日、時間から、必要とされるナワラタナが割り出される。取り付けられる石は九つ。その全てに占星術的な意味があり、火星や水星などの惑星が割り当てられている。

ルビー、エメラルド、イエローサファイア、ピンクサファイアあるいは珊瑚、ブルーサファイア、真珠、ダイヤモンド、ガーネット、クリソベリル・キャッツアイ。

もちろんこれらは高価な宝石であるため、全ての人がナワラタナを身に着けることができるわけではない。同系色のより安価な石を組み合わせた『ナワラタナ』もまた、よく身に着けられている。自分自身の生まれにかかわるオンリーワンの宝飾品であるため、ナワラタナを手に入れた人は、とても大事にこの宝飾品をケアする。エトセトラ。

「星のお守り……お守りなんですね」

ヨアキムは頷いた。そして「バット」と続けた。でもね、の意味である。

同じ端末に、ヨアキムは今度は言葉を吹き込んだ。

『私はこのアンクレットが、星のお守りであるから大事なのだとは思っていません。これは私がスリランカに行った時に、リチャード、およびセイギと作ったものです。大切なお土産《みやげ》です。その時に私は思いました。これは私にとって、守りの星ではなく、たくさんの友達の象徴なのだと』

「友達の象徴？」

メニー・フレンズ！　とヨアキムは楽しそうに言った。そして九つの宝石を一つ一つ指さした。

たくさんの石。たくさんの友達。

ああそういうことかと理解した瞬間、みのるは頭の中の扉が開いたような気がした。自分がヨアキムと、英語以外話すことができない人と、こんなに難しい会話をしていることが、何かの嘘《うそ》のように思えた。だが現実である。

ヨアキムは色とりどりの宝石を愛しそうに撫でつつ、ダイヤモンド――真鈴と出会った展示会のおかげで唯一みのるにもそれとわかる石を見つめながら、寂しそうな顔をした。

「ヨアキムさん？」

「…………」

ヨアキムは何も言わず首を横に振り、まだ少し寂しそうな顔で微笑んだ。

学習発表会の成功をねぎらってくれるリチャードと正義と共に、みのるとヨアキムはその日も愉快な食卓を囲んだ。今日も中華料理である。最近やけに中華が多いのは、林くんのお父さんがたびたびお惣菜を作ってくれるためである。そのたびみのるは中華街まで取りに行くことになり、あまり腕がよいとは思えない謎の占い師と「あなたの隣人は元気か。元気なら運気急上昇」という謎のやりとりを繰り返していた。

その日も謎の占い師はヒロシに急《せ》かされつつ、みのると短い問答をし、最後にぎゅっと手を握ってくれた。嫌な人ではないし見かけほどあやしくもない、とみのるは理解し始めていたが、何のために何をしているのか、まるでわからないところだけがまだ少し怖かった。

中華料理の夕飯を食べ終わった後、みのるは正義にジローとサブローの散歩に招かれた。最近はすっかりヨアキムの担当になっていたが、久しぶりに正義が散歩をしたいと申し出たのである。みのるは運動靴をはいて正義と出かけた。ジローのリードを正義が、サブローのをみのるが持つ。

マンションが見えなくなった頃、正義は少し困ったような顔でみのるに微笑みかけた。

「調子がよさそうに見えるけど、どう？　みのるくんは英語の上達がすごいね。キムさんといろいろお喋りできるみたいで、すごくびっくりしてる」

「そ、そんなことないです……ただ、単語であれこれ言ってるだけで」

「それでも考えが通じるのって、本当にすごいことだよ。中学生の時の俺だったら考えられないだろうなあ」

「そ、そんなこと……！　あ、そうだ」

みのるはせっかくなので、ナワラタナについて尋ねることにした。はふはふ、と嬉しそうな息をするジローとサブローを時折撫でながら、正義は愉快そうに語った。

「『ナワ』はサンスクリット語で九つ、『ラトゥナ』は宝石って意味。スリランカには『ラトゥナプラ』っていう宝石の町もあるよ。そういうことで、九つの宝石をつけた占星術的なお守りなんだけど、キムさんが気に入ってくれてるみたいでよかった」

みのるは不意に、ダイヤモンドを見ていた時のヨアキムの顔を思い出した。

そしてその前に聞いていた、まるで意味のわからなかった言葉も。

「あの、ヨアキムさんが……大切な人と喧嘩して……喧嘩したまま別れたほうがいい、って言ってたみたいなんですけど、何か誤解してるんじゃないかと思って。本当は何て言おうとしてたんだろうって考えてるんです。それとも、本当に……？」

みのるがそう告げると、正義はしばらく黙り込んだ。

何か言ってはいけないことを言ったのではなく、正義自身が驚いているからだと、みのるにもわかる、静かな動揺の表情だった。

ジローとサブローだけがご機嫌に歩き続ける中、正義は小さな深呼吸をするような間をとってから、みのるを見た。

「いろいろ事情があるってことだけ、俺は聞いてる。俺たちやみのるくんに迷惑はかけないって約束も、しばらく一緒に住むことにした時に交わしてる。でも、キムさんが本当に困ってる時には、俺は力になりたいと思ってる。もちろんリチャードもそうだと思う。あと、できれば、喧嘩したっていう『大切な人』のほうにも」

　知り合いの人らしい、とみのるは察した。ヨアキムが喧嘩したという相手と、正義とは。恐らくはリチャードとも。

　もし自分なら、その人にさっさと「ここにヨアキムさんがいますよ」と連絡し、二人を会わせて、何とか仲直りに漕《こ》ぎつけるようにするのにな、とみのるは思った。そのほうが面倒がなさそうだからである。だが具体的に『何とか仲直りに漕ぎつけるようにする』とはどうすることなのか、と考え始めると、何だか嫌な気分になってきた。何も思いつかない。真鈴や良太とだったら、ファミレスかカラオケで仲直りパーティをするくらいで何とかなるかもしれなかったが、ことは大人のトラブルである。

　正義やリチャードにも、どうしたらいいのかわからないことはあるのかもしれなかった。もしかしたら自分が思っているより、この社会、あるいは世界は大きいのかもしれないと思いながら、みのるは二匹の犬を連れて薄暗い道を歩いた。それでも自分の隣を正義が歩いてくれることが、みのるは嬉しかった。

case.2

ギターとマスターストーン

新しい開帆《かいはん》中学だよりには、一行目から不思議なことが書かれていた。

『学習発表会が終わってクラスの団結力が増しました』と。

みのるは若干《じやっかん》もやもやした気分になった。団結力というのはどういうものなんだろうと考えても、うまく答えが出ない。良太《りようた》に尋《たず》ねると、

「あれだよ。なんか、『みんなで頑張るぞ！　俺たちは一つ！』って気持ちとか、そういうやつだよ」

そんな答えが返ってきた。しかし、じゃあ良太の中ではそういう気持ちがアップした感じがするのかと質問を重ねると、いや特にそんなことはねーよという答えと爆笑が返ってくる。なおのことわからなかった。謎である。先生もけっこう適当なことを書いているのかもしれなかった。

ヨアキムはまだマンションにおり、喧嘩《けんか》別れした相手と仲直りしたという情報もない。

日々はゆっくりと過ぎていった。

移動教室の音楽の授業で、みのるたちは『世界の音楽』という単元に入り、ヨーロッパのいろいろな国の歌を聴いた。イギリスの『蛍《ほたる》の光』。フランスの『オー・シャンゼリゼ』。イタリアの『フニクリ・フニクラ』。みんな知ってる歌じゃん、と良太が笑い、それはあまりにも有名だからヨーロッパの歌が日本に伝わってきたからですよと先生に言われ、ち

よっとクラスが受けていた。

みのるは少し、あれ、と思った。

正義《せいぎ》がよく歌っている歌の雰囲気が、その中のどれかに、ほのかに似ていたのである。

授業が終わると、クラスの中のピアノを習っている女の子が、休み時間中には触っていいことになっているピアノの前に座り、最近人気のアニメソングや、友達のリクエストの曲を弾き始めた。

みのるは今までその子に話しかけたことはなかったが、少しだけ勇気を出すことにした。

「ね……ねえ、この曲……多分知らないと思うけど……もしかして、知ってる？」

みのるは正義の『朝ごはんの歌』を、歌詞ぬきで鼻歌でうたった。

ほかほかのあさごはん。できたてのあさごはん。

すると。

「それってこれ？」

いつの間にか後ろに立っていた先生が、クラスの女子の隣に立ち、鍵盤《けんばん》にそっと手を伸ばした。

みのるがハミングしたのと同じ旋律《せんりつ》を、先生は一度で弾いてくれた。

「そ、それです……！」

「みのるくん、よくこんな曲を知ってるね。おうちの人の趣味？」

「えっ」

ということは、正義の朝ごはんの歌は、本当に存在する曲なのか。

もっと教えてくださいと言う前に、キーンコーンカーンコーンと予鈴が鳴った。先生は立ち上がり、はいはいとまだ音楽室にたむろする生徒たちを促《うなが》した。

「次の授業に遅れますよ！　みんな退室してください」

じゃあね、と先生はみのるに手を振ってくれた。出て行くしかなかった。

結局あの歌は何なのだろう、今度正義にちゃんと聞いてみよう、とみのるは思っていたが、その後の数学の授業が難しくて、疑問はいつの間にか雲散霧消《うんさんむしよう》していった。

放課後、良太は『オー・シャンゼリゼ』をふざけて歌いながら、配られたばかりのプリントをぴらぴらさせていた。

「このイベント何だっけ？　秋の遠足？」

お気楽な良太の台詞《せりふ》に、真鈴《まりん》はハーッとため息をついた。

「小学校じゃないんだから、秋の遠足なんかないでしょ。芸術鑑賞会」

「芸術鑑賞会って何？」

「ギタリストが来るんだって。芸術家。っていうかミュージシャン」

みんなでギターを聞くんでしょ、と真鈴が言うと、良太は眉毛をうにょんと曲げた。

「なんか退屈そうだなー」

「それよりみのる、またキムさんと、っていうか中田《なかた》さんと会えそうなチャンスはないの？　キムさんはみのるの家にいるんでしょ。ダンスを教えてくれたお礼にクッキー焼いて持っていきたいんだけど。中田さんのいる日を教えてくれない？」

「あっそうそう！　みのる、俺の姉ちゃんともまた会ってやってくれよ。本当に会いたいんだって」

　みのると真鈴は揃《そろ》って良太を見た。

訳がわからない様子の良太は、え？　と言って怪訝《けげん》な顔をするだけだった。みのるのかわりに真鈴が質問してくれた。

「みのるに会いたい？　って何で？」

「は？　何でって…………何でだろ？」

「そんなこともわからないまま使い走りをしてるわけ。何か理由があるんだとしても、私には全然思い当たらないし、その顔じゃみのるも同じでしょ。何でなの？　用件もわからないのにそんなこと言ってるわけじゃないでしょうね」

　良太はばつの悪そうな顔をした。用件は本当にわからないし、見当もつかないらしい。

「ちょ、待ってろ。今姉ちゃんに連絡するから」

「あんたのお姉さんって高校生？　大学生？」

「高一だよ。学級委員。兄貴は受験でカリカリしてる高三」

「なんだ。じゃあ中田さんに勉強を習いたいとか、そういうことかもしれないね」

「違うと思うけど？　何か……微妙に怒ってるみたいだったし」

「『怒ってる』？」

みのるは急に不安になった。ヨアキムがやってきて急にお泊まりをさせてもらった日、もしかしたらみのるが何か失礼なことをしていて、ずっと怒っているのかもしれなかった。

真鈴は硬い顔をして、良太をねめつけるように見ていた。

「理解できないんだけど。おかしくない？　高校生の女の人が、中学生の男の子に何を怒るっていうの？　みのるは盗撮とかセクハラとか、間違ってもするタイプじゃないでしょ。うっかりみのるがお姉さんのお菓子を食べたとかだったら、みのるじゃなくて良太に言いそうだし」

「そりゃあそうだな」

「『そうだな』って」

みのるはますます不安になり、怖くなった。何か勘違いされているのかもしれないと思ったが、良太はいつものあっけらかんとした顔で、わからないと首を横に振るだけである。良太は嘆息した。

「お前らさー、俺の姉ちゃんを何だと思ってんだよ。しっかり者の真面目なやつなんだぞ。俺のことだって意味もなく怒ったりしないよ。何かこだわってるみたいだったし、一度聞くだけ聞いてやってくれないかな？」

「君は自分のお姉さんの人間性を信頼してるわけね」

「信頼って？　家族なんだから当たり前だろ」

真鈴はその言葉には答えず、みのるを見た。

「みのる、良太のお姉さんの呼び出しだけど、私も同席していい？　いいよね。良太、許可取って。お姉さんにそれでもいいか質問して」

「え……面倒くさいから勝手についてくれば……」

「駄目。友達代表としてついていってもいいですかってちゃんと聞いて」

良太は面倒くさそうな顔をしながら、それでも姉にメッセージを投げた。

休み時間になっていたらしく、返事はすぐにあった。良太は首を横に振った。

「駄目だって。なんか、センシティブな話だからって」

ぞっとするような返事に、みのるは真鈴の顔を見た。真鈴は厳しい表情でみのるを見た。

「確認するけど、みのるは本当に、良太のお姉さんに何か変なことをしたとか、そういうことはないんだよね」

「ぜ、絶対にしてない……！　と思う……！　で、でも……わからない、もしかしたら」

「そのくらいの認識ならまず平気でしょ。『もしかしたら』レベルのことで、女子は『センシティブ』なんて言葉は使わない」

「ほんとにぃ？」

「君のお姉さんが私と同じ感覚ならってこと！　いちいち補足させないで」

つまり良太のお姉さんは、それなりのレベルのことをみのるに言いたいようだった。

みのるは血の気が引き、足元がふらふらしてきた。見かねた良太が階段に座らせると、真鈴は苛立《いらだ》たし気に腕組みをし、そうだと大きな瞳を見開いた。

「今ここで話をしてもらうのはどう？　どうせ高校生も昼休みでしょ。電話をかけて、マンツーマンで話をしてもらったら？　学級委員なんかしてる人なんだし、本当に何か言いたいことがあるなら、電話越しでだって言ってくれるんじゃないの。これだけ勿体《もったい》ぶって待たせるほうが失礼だと思う」

良太はしぶしぶ電話をかけた。

だが結局、良太の姉は電話に出ず、コールバックもしてこなかった。そのかわりメッセージが返ってきて、放課後に中学校の最寄りのファストフード店の二階で、みのるを待っているという。

「…………」

みのるは怖かった。あまりにも怖すぎた。良太と真鈴は、一も二もなくついてくると言った。一階で待っていればわからないからと。ありがたいことこの上ない申し出だったが、それで恐怖が薄らぐわけではなかった。

「…………」

放課後。ファストフード店の二階に続く階段をのぼりながら、みのるは人生有数の緊張感を味わっていた。そもそも中学生だけでファストフード店に行くことにも緊張するのに、一人で高校生に呼び出されるなど壮絶である。

良太の姉、赤木秋穂《あかぎあきほ》は、近くの高校の制服を着ていて、みのるを見つけるとすぐ立ち上がり、席へ促した。みのるは身を守る道具のようにシェイクを胸の前に持ったまま着席した。

「ごめんね、いきなり来てもらったりして。びっくりしたよね、友達のお姉ちゃんにこんな風に呼び出されるなんて」

「…………」

本当にその通りです、という気持ちが伝わったのか、秋穂は申し訳なさそうな顔をした。だが「帰っていいよ」とは言わなかった。やっぱり本当に話したいことがあるようだった。

みのるが押し黙っていると、秋穂は深呼吸をした後、真剣な顔をした。さっきまでの笑顔のほうがわざとらしかったので、秋穂も本当はとても緊張していたようだった。

「みのるくん、ごめんね。正直こんなこと私も言いたくなかったけど……やっぱり気になって」

「気になるって……どういうことですか」

「『きれい』の話」

みのるは目を見開いた。何の話かわからない。秋穂は説明してくれた。

「泊まりに来た時に、ちらっと言ってたよね。みのるくんは正義さんとリチャードさんと三人暮らしで、正義さんは毎日リチャードさんのことを『きれいだなあ』って褒めるって。これは本当に?」

そういえばそんなことを言ったかな、とみのるは思い出を辿《たど》り、あやふやに頷《うなず》いた。ともあれ真実ではある。

「本当ですけど……」

それがどうかしたんですかと、みのるは尋ねるかわりに秋穂を見つめた。秋穂は何か不吉な言葉を聞いたように黙りこみ、怖くなるほど何十秒も黙った後、切り出した。

「みのるくんって、お母さんとお父さんはどうしたの？　良太に聞いても『知らない』って言うの」

「……お母さん、入院してます。お父さんは……ちょっと。正義さんは、親戚です」

「じゃあリチャードさんはどういう人なの？」

「正義さんの上司で、たぶん、友達です」

「上司で友達の人と、正義さんは同居してるの？」

「そ、そう思います」

「それってどういう関係なの？」

　みのるはしばらく、質問の意味がわからなかった。え？　と問い返すこともできなかった。ただ秋穂が何も言わずに待っているので、何か言わなければならないことだけはわかった。

「ええっと、だから……上司で、友達……？」

「本当にそれだけなの」

「ちょっとわからないです……」

　これって何なんですか？　というのが、今みのるが一番尋ねたいことだった。初めてではないものの、まだ二度しか会ったことのない良太の姉に、どうしてこんな立ち入った質問をされるのかわからない。しかしそういうことを言葉にする方法もわからなかった。

泣きそうな気持ちで黙っていると、秋穂は何かを勘違いしたのか言葉を続けた。

「あのね、児童相談所って知ってる?」

知っているも何も、みのるには縁の深い場所だった。だが良太にもそんなことは話したことがない。秋穂も知っているはずがなかった。みのるは胸の内側をやすりがけされているような気がした。

秋穂は言葉を続けた。

「もしみのるくんが、正義さんたちと一緒に暮らすのが嫌だったり、怖いと思ったりすることがあったら、そこに行くと話を聞いてくれるの。もしよかったら、私が一緒に行ってもいいよ」

「嫌です」

はっきりとみのるは告げた。熱いものに触れて、ぱっと手を離すくらいの勢いで、喉《のど》から言葉が出た。

みのるは秋穂の顔をまっすぐ睨《にら》み、言葉が出てくるのに任せて喋《しゃべ》った。

「僕は、正義さんとリチャードさんと一緒に暮らすのが、好きです。不満とか、ないです。

本当にないです。あの……さよなら」

みのるは席を蹴立《けた》て、シェイクを置いたまま階段を駆け下りた。すかさず真鈴と良太がジュースを放り出して近づいてくる。

「みのる、どうだったの」

「うわ……お前すごい顔してるぞ」

息をするだけで精一杯になっていたみのるを、二人は店から連れ出し、道路を渡ったところにある海沿いの公園に連れだした。だが冷たい空気を吸っても、みのるの気分は晴れなかった。

何も言えずに固まっていると、そのうち良太が激昂《げきこう》した。

「俺、姉ちゃんに抗議してくる。ひでえよ。何してくれてんだよ、俺のスーパー親友によ」

再び道路を渡って店に戻ろうとする良太を、みのるは慌《あわ》てて引き留めた。

「いいよ、いいよ！　お姉さん、悪いことを言ったわけじゃないよ。ただ……」

何と言えばいいのか、みのるにはわからなかった。いきなりぶたれたような衝撃だったのは確かである。だが秋穂にそんなことをしたつもりがないであろうこともわかっていた。とはいえわからないなりに、良太と真鈴はみのるが何か言わなければ納得しそうにない。

みのるは言葉を絞り出した。

「……心配して、くれてたんだと思う」

「『心配』？」

「具体的にどういうことを言われたの。君の言える範囲で話して」

言える範囲のことなどなかった。

みのるはごめんと言って、二人に背を向けて立ち去った。


みのるは神立《かんだち》屋敷への道のりを覚えていられなかった。もちろん毎日目にする通りである。毎度目に焼き付けるようなものではなかったが、それでも急にワープしたと言われても信じてしまいそうなほど、屋敷の前に立つまでの間の記憶がなかった。

朝に聞いた予定通りに動いているのなら、屋敷の中にはリチャードがいるはずである。

みのるは鍵を使って扉を開け、屋敷の中へと踏み込んだ。訪問の回数を重ねるごとに屋敷の中はきれいになっていて、今は扉の前に靴の泥を落とすためのマットが置かれていた。そのうち靴を脱いで入ることになるかもしれないと思った時、みのるは少しぞっとした。

その後は？

この屋敷が限界まできれいになった時、リチャードはまだここにいてくれるのか？

正義は？

広間に踏み込むと、ソファの上に誰かが座っていた。リチャードではない。

大きな箱のようなものを抱きしめているのは、正義と同じくらいの年頃に見える男性だった。茶色い髪の毛を首の後ろで筆のように結っている。

「あ……」

みのるが立ちすくんだ時、男性もみのるに気づいて顔を上げた。人懐こそうな顔をしている男性は、にこっと笑った。

「お客さん？　待って。今リチャードさんを呼ぶから。リチャードさーん！　小学生か中学生くらいの男の子が来てるー！」

リチャードの知り合いなのだと思った時、みのるはほっとした。リチャードのお客さまだったらすぐに帰らなければならないと思ったところだったのである。今日はそれは嫌だった。

手袋を外しながら階段を下りてきたリチャードは、みのるの姿を認めると、すぐにいつもの柔和な微笑《ほほえ》みを浮かべた。

「お待たせしました、みのるさま……………みのるさま？」

笑顔を見た時、みのるは崩れ落ちそうになった。泣きたかったが、さっき良太が自分のことを『スーパー親友』と言ってくれたのを思い出して耐えた。リチャードを心配させたくなかった。

とはいえ「ちょっとつまらないことがあったんですけど」というふりはできそうもないので、みのるは吐き出すように、ファストフード店でのことを打ち明けた。具体的に何が嫌だったとは言えないのだが、ともかく嫌だったということを伝えたかった。お母さんにもこんなことは言ったことがないのにと思ったが、リチャードならそれを受け止めてくれそうな気がした。もちろん正義でも。

リチャードは跪《ひざまず》く姿勢でみのるの話を聞いた後、ゆっくりと頷き、答えた。

「その方はみのるさまのことを『心配』していらしたのですね。正義が私のことをきれいだと褒めるから、と。そしてみのるさまは、その言葉がつらかったのですね」

「……そうです」

わかりました、とリチャードは頷き、音もなく立ち上がった。

「私は一本電話をいたします。みのるさま、大変申し訳ないのですが、そこで三分ほど待っていただけますか。下村《しもむら》さま、よろしければ」

「OK、ここにいる」

挙手した『下村さま』を見た時、みのるは初めて、彼が抱いているのが箱ではなくギタ

――であることに気づいた。ぴかぴかの飴《あめ》色のギターを、彼は宝物のような手つきで抱きしめていた。そして少し、つまびいた。

ららん、という明るい音が、広い屋敷に響き渡った。

驚くみのるに、男性は明るく微笑みかけた。

「みのるくん――って呼んでいいのかな。何か好きな歌はある？　最近の曲でも、昔の曲でもいいよ」

「と……くには……ないです」

「オーケー。じゃあハルヨシセレクトで。あ、『晴れ』に良い子の『良い』で『晴良《はるよし》』だよ。ちょっと歌うけど、びっくりしないでね」

下村晴良。この人は日本人の名前を持っている人であるようだった。

下村が弾き語り始めたのは、みのるにはわからない歌だった。アイウナなんとかと繰り返し、よその国っぽい雰囲気の旋律をポロポロと奏でてゆく。華やかなのに、どことなく寂しい感じも漂う曲だった。

みのるの胸に、何故《なぜ》かしっくりとはまる歌だった。

ちゃららん、と最後にギターをかきならし、下村は曲を締めくくった。同時にリチャードが戻ってきた。

「お待たせいたしました。すぐに正義がここに来ますよ」

「えっ。でも今日は銀座《ぎんざ》の日なんじゃ」

「ちょうど近くにいたのです。ご心配なく。いい機会でもあります」

それが嘘《うそ》でも本当でも、みのるはほっとしていた。リチャードと正義が揃うのである。

二人がいてくれるのなら、怖いものはない気がした。

三十分後。

「みのるくん、ただいま！　ケーキ買ってきた！」

「何故こんな時にケーキを……」

「こんな時だからこそ、だろ。晴良もいてくれるんだし」

神立屋敷の中には中田正義とチョコレートケーキの姿があった。首都高をとばして銀座から帰ってきたとするならもっと時間がかかる。本当にある程度は近くにいたんだと、みのるは少しほっとした。

正義はリチャードからことの次第を聞いた後、本当にそうだった？　とみのるに確認をしてくれた。みのるは頷いた。二人とも微笑んではいなかったが、かといってそこまで厳しい表情というわけでもない。二人が赤木秋穂のところに怒鳴り込みにゆく姿など見たくはなかったので、みのるは少しほっとした。

ほっとした後、悲しくなった。

一体これはどういう気持ちなのか、みのる自身よくわからなかった。

待っていればリチャードと正義、どちらかが何か言ってくれるだろうとは思った。だがみのるは待てなかった。

「あの……正義さんとリチャードさんが一緒に暮らしているのって、そんなに変なことなんですか？　僕は、変なことだとは思ってなかったです。でも変なことなんですか？　心配されることですか？」

みのるはそれが知りたかった。それだけが知りたかった。

俺は外すね、と言って下村晴良は席を立った。食べかけだったチョコレートケーキの皿とフォークもちゃっかり持ってゆく。ギターはとりあえず置き去りだった。

リチャードはちらりと正義を見た。正義はバトンを受け取ったような顔をし、みのるに語りかけた。

「それをどう思うかは、個人の心の問題になると思う。たとえば『結婚してない男の人と女の人が一緒に暮らしているなんて変』とか、『血が繋《つな》がっていないのに一緒にいるなんて変』とか、『収入が全然違うのに一緒にいるなんて変』とか。いろんなパターンがあって、その全部は俺も想像ができないと思うな。でも」

正義は少し間を空け、みのるが正義の顔を見つめ返すと、微《かす》かに笑った。

「みのるくんはどう思う?」

みのるには正義の笑顔が寂しそうに見えた。

無性に悲しい気持ちをおさえながら、みのるは喋った。

「わからないです。それが……変なのか、変じゃないのか、さっきからずっと考えてるんですけど、僕にはよくわからないです。お母さんとずっと二人だったから、家に男の人がいたことがないし……でも、もし『変』だったとしても、僕は正義さんとリチャードさんと一緒にいたいです。児童相談所に行きたいとは、思ってないです」

「そっか」

正義は朝と同じように、さわやかに微笑んだ。

そして少しだけ、躊躇《ためら》うような素振りを見せてから、呟《つぶや》くように口にした。

「ありがとう」

え? とみのるが思った時には、正義は既《すで》にいつもの笑顔に戻っていた。

「そうだなあ、俺とリチャードの関係をどう説明したらいいのか……ちょっと難しいんだよな。何年か前までは『上司と部下』『めっちゃいい友達』だったと思うんだけど、最近はそこに少しずつ、『いい感じのパートナー』っていう属性も加わってる」

「パートナー？」

「『これからの人生も一緒にやっていきたい相手』、くらいの意味かな」

　みのるの胸はざわついた。それがどういう存在なのかはわからないし、あまり耳にしたことのない言葉である。もしかしたらそういうものを良太のお姉さんは『変』だと言ったのかもしれなかった。みのるは自分で自分が嫌になりそうだった。たとえ正義とリチャードの関係が『変』でもそうではなくても、みのるはその空間に自分も加えてもらいたいと思っている。それは確かである。

　だが、客観的な意味で変なのか、変ではないのか。

　それがどうしても気になって仕方がなかった。

　みのるの顔色が冴《さ》えないことに気づいたらしく、正義は穏やかに言葉を続けた。

「みのるくんは、あんまりそういう、『パートナー』とかは、好きじゃない？」

「……わからないです。他にそういう人を見たことがないし……聞いたこともないので」

「うん、そうかもしれないよなあ」

「それは、変なことなんですか？　変じゃないですよね……？」

「変じゃない！」

　という声は、正義のものでもリチャードのものでもなかった。しかも壁の向こうから聞こえてきた。

戻ってきた下村晴良は、空っぽのお皿の上にフォークを乗せてしずしずと運んでいた。

「正義ごめんな。『外す』って言ったのに。でもこれは俺が言いたいから、ちょっと今だけ首を突っ込ませてくれ。お前たちの関係は『変』じゃないよ。こういうのは自分では言いにくいことかもしれないから俺が言うけど、『変』じゃないし、それを『おかしい』って言うやつがいたら『どこがどうおかしいんですか?』って俺は逆に質問したい。『そっちのほうがもしかしたら変な意見じゃありませんか?』って言いたい」

すぱん、すぱん、と歯切れのいい言葉で下村晴良は告げた。正義は少し呆《あき》れた顔をしていたが、嬉《うれ》しそうでもあった。

「晴良、お前なあ……」

「これでも世界を股《また》にかけている音楽家なのでね、えへん。思ったことはハッキリ言わないと伝わらないぜ、アミーゴ。それじゃまた外すから!」

「いや……別にここにいてもいいよ」

「だめ、だめ! みのるくんが話しにくいだろ」

そう言って下村晴良は再退場しようとしたが、思い出したようにローテーブルの上に皿とフォークを置いて、陽気に手を振って出て行った。正義やリチャードに比べると、ちょっと子どもっぽいところのある、親しみやすい人であるようだった。

部屋が静かになった後、正義は再び口を開いた。

「誰かと一緒にいたいと思うことって、みのるくんはどう思う？　変なこと？　普通のこと？」

「ふ……普通だと思います」

「そっか。じゃあ、特別な誰かと一緒にいたいと思うことは？」

「ふ、普通……？」

「じゃあもう一つだけ質問。『普通』って何だと思う？」

「え？」

普通とは——とは？

説明する必要もないこと。そういうものだとみんなわかっていること。

こんな風に尋ねられることのない、何かとても、しっかりした柱のようなもの。

みのるの混乱を見て取ったように、正義はまた話すのをやめ、しばらく経《た》ってから言葉を継いだ。

「すごく難しいことを質問してるのはわかってる。ただこれは、何て言うか、いつか考えなきゃいけない宿題みたいなものだと俺は思ってる。今じゃなくても、いつかは考えないいと、心がグラグラしちゃう問題」

「心がグラグラ……」

それはまさに今のみのるの状態そのものだった。何を考えたらいいのかもわからない。普通とは何かと質問されていることはわかるが、それ以前にリチャードと正義の関係が気になって仕方がなかった。

「たとえば……いや、たとえばじゃないな。実際の話、俺にとって特別な、ずっと一緒にいたい相手はリチャードなんだ。すごく尊敬してるし、一緒にいると楽しい。俺が何か助けになれるなら何でもしたいし、困ったことがあったら傍《そば》にいたい。そういう相手の近くにいることは、みのるくんの感覚だと……どうだろう？『普通か』『変か』の二択だと極端だから、『どう思うか』とか、フワッとした感覚でもいい。何か思ったことがあったら教えて。これは正解や間違いのある話じゃないから」

正義は多弁だったが、自分でそうとわかっているようで、言葉と言葉の合間にいつもより長く時間をとってくれた。そして笑顔もさわやかだった。

だがみのるの考えは、まるでまとまらなかった。

特別な、傍にいたい相手。それはみのるにとってのお母さんのような存在なのかもしれなかった。だがそうではないかもしれなかった。

それはむしろ、真鈴にとっての正義のような存在なのかもしれなかった。

一緒にいて、笑ってほしいと望むような。

あるいは、手を繋いで歩きたいと夢見るような。

それが『普通か』、『変か』？　『どう思うか』？

「…………」

みのるは黙り込むしかなかった。何が何だかわからないにもほどがある。しばらく正義の顔を見ることもできなくなりそうで、みのるは本当に、心底、困り果てた。

ソファに座ったまま、自分の膝《ひざ》のあたりを見てぼんやりしていると、誰かがそっとみのるの膝頭《がしら》に触れた。

リチャードだった。

「みのるさま、突然の話で驚かせたことをまずお詫《わ》び申し上げます。その上で、ぜひ見ていただきたいものがあるのです」

「…………？」

「こちらを」

リチャードが懐《ふところ》から取り出したのは、柔らかそうな黒い起毛の布包みだった。開くと輝く石が一つ入っている。ひょっとして、とみのるが思った時、リチャードは答えをくれた。

「ダイヤモンドです。ですがただのダイヤではございません。マスターストーン、と私が呼んでいるものです」

「マスターストーン……？」

何だか良太の好きそうな、ゲームアイテムのような名前である。リチャードは言葉を続けた。

「ダイヤモンド鑑定機関などにおいて設けられている、各グレードの基準となる石の意ですが、私にとってはこれがマスターストーンです。目を慣らし、この石と比べてどう見えるか、という判断を行う指標にしている存在です」

「目を……慣らす」

「その通りです。この宝石よりも輝いているか否《いな》か、透明か否か、石の中に汚れて見えるものがあるか否か。そういう時の基準、指標となってくれる石です」

基準。指標。その言葉からみのるが連想するのは、この状況では一つだけだった。

変なのか、変じゃないのか。

リチャードはあまり感情の滲《にじ》まない顔で、静かに言葉を続けた。

「人が成長する中で少しずつわかってゆくこととは存じますが、世の中には『自分で決めるしかないこと』が多々ございます。『どのような本を好みとするか』『何を美しいとするか』、そしてさきほどみのるさまが仰《おお》せになった『何が変で、何が変ではないのか』も、そのようなことの一つと存じます」

「……僕が決めなきゃいけないんですか？　何で……？」

「他の誰も、あなたが何をどう思うのか、決めてはくれないからです」

言葉の意味を吞《の》み込むまで、しばらく時間がかかったが、みのるは少しだけわかった気がした。

変なものは、変。自分にとって変なら、それは変。

きれいなものは、きれい。自分にとってきれいなら、それは美しい。

良太のお姉さんが二人で話したいと言った時、理解できない、おかしいと言ってくれた真鈴もまた、自分の『マスターストーン』を持っていたのだと、みのるは思った。そしてみのるを守ってくれた。

みのるが小さく頷くと、リチャードは微笑んだ。

「みのるさまは現在、ご自身のマスターストーンを育《はぐく》んでいる最中と存じます。それは人間が生きてゆく中で少しずつ変化してゆくもので、いつになれば完成というものではございません。ある程度成長するまでの間には、そもそも指標となってくれる石が、自身の中に存在しないように感じることもあるかもしれません」

「あ、あります……」

今まさにそういう状態です、とは言わなくても伝わったらしく、リチャードは微笑んだ。

「慌てる必要は全くありません。しかしどうか、考えることをやめないでください。もちろん考えたくない、苦しいと感じる時にまで、自分自身の心を追い込む必要はございません。ですがまた、『考える』という階段の前に戻ってきてください。そして一段ずつで構いません。階段をのぼってゆくことを諦《あきら》めないでほしいのです。あなたの瞳が、あなたのマスターストーンとなってくれる日まで」

「そ、れって、いつですか……？」

「そのうち、そのうち」

明るい声は正義のものだった。

リチャードの隣にやってきた正義の顔は、いつもと同じ、みのるを勇気づけるような笑顔だった。そんなにすぐに『マスターストーン』が手に入るとは思えなかったが、それでもいつかは『そのうち』がやってくる。

そんな風に言ってくれている気がした。

二人が何を言おうとしているのか、完全に理解できた気はしなかった。胸の中にはまだもやもやしたものがある。だが何を質問しても、失礼になりそうで怖かった。他の誰よりも自分に親身になってくれる二人を嫌な気持ちにさせたくはない。

好奇心よりも、『二人が好き』という気持ちが、みのるの中で勝った。

だが一つ、どうしても気になることもあった。

何か質問はあるかな、という顔をしている二人の前で、みのるは一つだけ、質問をすることにした。挙手をする。リチャードが促す。みのるは口を開いた。

「『いい感じのパートナー』って……二人とか、三人に増えることもありますか？」

リチャードと正義は顔を見合わせた。そして同時にみのるを見た。

「そうですね、これはあくまで私の主観的な判断によるものではありますが」

「ないなあ」

「正義」

「割り込んでごめん。でも俺は『ないなあ』って思ってるから」

「……まあ、私もそうは思っていますよ。未来は不確定なものではありますが」

正義はひょっと肩をすくめた。

いずれにせよ、二人一致で『ありません』ということだった。

みのるがそれ以上何も質問しようとしないとわかると、正義は広間の外に出てゆき、携帯端末をいじっていた下村晴良を連れて戻ってきた。端末にはピアノの鍵盤が表示されていて、下村が言うには作曲アプリだという。

もう少しここにいたいけれど迷惑かな、とみのるがまごまごしていると、下村はぱんと手を打ち合わせた。

「よーし！　景気づけに何か一曲歌わせてもらってもいいかな。こういう時に音楽があると、ちょっといいだろ」

「明るい曲をお願いいたします」

「承知しました、リチャードさん。中田ぁ、何かリクエストある？」

「正義。俺の名前は正義な」

「昔のお返しだよ」

そして下村晴良は再びギターを抱き、チューニングを合わせるように弦をつまびき、さっきと同じ元気な旋律を奏で始めた。じゃらじゃらじゃらじゃら、という音の洪水に、ひょっとしてこれはダンスの曲なのかなとみのるは思った。ヨアキムがいたら教えてもらえるかもしれなかった。

「これは……うーん、みのるくんは多分見てないと思うんだけど、連作アニメの映画のテーマ曲なんだ。パートスリーの中に出てくるスペイン語バージョンで、パートワンの挿入《そうにゅう》歌《か》のカバーになってる」

みのるはもちろんそのアニメ映画は見ていなかったが、いい歌だなと思った。どういう意味の歌なんですかと尋ねると、正義は簡単に答えてくれた。『僕は君の友達だよ』という、励ましの歌だと。

「…………」

変か変でないか問題は、みのるの中では既に少し遠くなっていた。それよりもっと心配なことがある。

みのるの心の中は、スーパー親友の一人、真鈴への気がかりでいっぱいだった。


「ヘーイ、キムさん。いきなり呼び出してごめん。忙しかった？」

「全然よ、マリリン。あんたと話したかったとこ」

マリリンこと真鈴とヨアキムは、中華街にほど近いファミレス店でハイタッチをした。会話が流暢《りゅうちょう》な英語であることに気づき、近隣の席の人間が少し物見高い顔をしたが、二人がまるで気にしないでいると、次第に無視するようになった。

長い脚《あし》を組んでどっかとボックス席に腰掛けるヨアキムは、ブラックのレザーブーツにブラックジーンズ、ブラックのビスチェに灰色のもこもこフェイクファージャケットという姿だった。真鈴は大うけし、それどこで買ったのと尋ね、どこにでもある量販店の名前を答えられるとさらに爆笑した。

「マリリン、ダンスの発表動画見たよ。サイコーだったじゃない」

「おかげさまで。みのるも入ってくりゃよかったんだけど」

「あははは。まあ、タイミングってものがあるからね」

二人はタッチパネルをつつき、真鈴はドリンクバーのみ、ヨアキムはフライドポテトを注文した。

「えー、キムさんポテトとか食べるの。それでそのスタイルは嘘でしょ」

「地道な運動と収支計算。って言ってわかる？　足し算引き算よ」

「それはわかる。でも私ティーンだから、太りやすくて嫌になる」

「そのくらいの年で極端なダイエットすると後々大変だよ。ちゃんと食べるもの食べて」

「年取ってる人みんなそう言うよね。他人事《ひとごと》って感じでウザ」

「お口が悪いのも損だよ、ベイビーちゃん」

口をとがらせた真鈴を、ヨアキムは愛《いと》しむべきものを見るような目で見つめた。真鈴は笑い、狭いテーブルの上に身を乗り出して、ヨアキムとの距離を詰めた。

「キムさんさあ、中田さんとリチャードさんの友達なんでしょ？」

「まあね。私はまずリチャードの義理のお兄さんと知り合って、その縁で二人と知り合ったんだけど」

「二人のガールフレンドのこととかも詳しい？」

「……ガールフレンド？」

「私、中田さん狙ってるの。忙しすぎて恋人つくる時間もないって感じの人でしょ？　私でもチャンスあるかなって」

　真鈴はわざとらしく体をくねくねさせ、夢見る少女のようなマイムをしてみせた。ヨアキムを笑わせようとしているようだった。

　だがヨアキムは笑わず、静かな表情をしていた。

　真鈴が怪訝な表情をすると、少し窘《たしな》めるような口調で、ヨアキムは告げた。

「マリリン、もしあんたがあの男を狙ってる理由が、忙しすぎて恋人つくる時間もなさそうだからってだけなら、やめたほうがいいと思う。あいつは見た目よりかなり面倒くさい男だよ」

「キムさんやっぱり詳しいんだ！　私そういう話が聞きたい」

　ヨアキムは嘆息し、頬《ほお》杖をついて天井を眺めた。

「キムさん？」

「ん、いろいろ考えてたとこ。一応聞いておくけど、脈はありそうなの？」

「今のところ何にもなーい。中田さんカタいっていうか、私のこと女として見てないっていうか」

「その言葉にホッとした。あのね、三十近い男がティーンの女の子を『女』として見てたら、そいつはただの変態よ。小児性愛者。大人に相談するか、警察に行ったほうがいい案件」

「極端だなあ、そうでもなくない？　恋愛に年齢は関係ないよ」

「若い子が言う分には、その理屈もギリＯＫなのよ、ギリで。でも年取ったほうがそれを言い出したら駄目。アウト。気をつけてよ、マリリン。あんたの人生ここからが長いんだから」

「『年の差がえぐいからやめろ』って言ってる？」

真鈴は少しだけ真剣な調子で言い返した。ヨアキムもその真剣さを受け取った。

ちゃかしているわけではない、と真鈴が理解するだけの時間をとった後、ヨアキムはテーブルの上で手を組んだ。

「マリリン、何で正義と付き合いたいの？　理由が気になる。どうして他の男の子じゃ駄目なのなんて野暮なことが聞きたいわけじゃなくてね、どういうことを考えて付き合ってほしいって思ってるのか、詳しいことを知りたい。ちゃんと教えて」

「何か今日のキムさん、大人っぽいね」

「私ねえ、これでも正義より年上なんですけど」

「でも、何ていうか『大人』感はないよ」

「そういうのは人によるの。年齢じゃなくて」

さあ話して、とヨアキムが腕を広げると、真鈴は微笑み、腕組みをした。考えていますというポーズだった。次第に真剣な顔になり、俯《うつむ》く。

顔を上げた時、真鈴は黒いカーテンを開けるように左右の耳に長い髪をかけた。

「私は、少なくとも年上趣味とかじゃないよ。あんなに年の離れた人好きになったのは初めてだし。っていうか私は、そんなにホイホイ誰でも好きになるタイプじゃないし」

「初恋じゃないんだ」

「現実味のある相手って意味なら初恋。その前は雑誌のモデルに憧《あこが》れてるだけだった。そのうち自分はイケメンが好きなんじゃなくて、モデルの世界に憧れてるんだって気づいたけど」

「…………」

「中田さんとのことは、すごく真剣に考えてる。そもそも好きになってもらえないかもしれないけど、もし中田さんが私と付き合って、将来結婚してくれたら、すごく幸せになれると思うから。かっこいいし、頭いいし、あと……優しいから。私のこと変な口調で『美人だね』とか『可愛《かわい》いね』とか言わないから。だからあの人がいい」

ティロティロ、ティロティロ、というファミレスの入店音が、二人の背後で響いた。その後もしばらく真鈴は黙っていたが、ヨアキムが口を開かないのを見ると、「これで終わり」と肩をすくめた。

ヨアキムは静かに微笑み、コップを傾けた。

「真鈴の言ってることはわかるけど、不思議ね。褒めてくれないほうがグッとくるなんて」

「私は美少女だから、ああこれは嫌味じゃなくて事実ね。日本だと私は『美少女』ってカテゴリに入れられて、きれいだねーとか可愛いねーとか、パンダみたいに指さして言われるの。そういう存在なわけ。でも中田さんはそういうことしなかった。私のことを、カテゴリなしの一人の人間として見てくれてる感じがする。そういうところが好き」

「じゃあ、これからもずっと正義には褒めてほしくない？」

「ううん！　もし特別な人になれたら、『きれいだね』『可愛いね』っていっぱい言ってほしいな。うわ、恥ずかしー。日本語じゃ絶対こんなこと言えない」

「あんたの英語って本当にイケてるけど、いつどこで習ったの？」

「ニュージーランドに交換留学してたことがあるの。でも留学中より留学前のほうが大変でさ、英会話の先生が鬼みたいに厳しくて、私一人だけビシバシしごかれて、でもおかげで現地では全然困らなかった。ああー、中田さんはどんな風に英語を習ったんだろうな。おうちがお金持ちっぽいから、やっぱり幼児教育で家庭教師とか付けてもらってたのかな」

想像の翼を羽ばたかせる真鈴の前で、ヨアキムはフライドポテトをつまみながら喋った。

「マリリン、教えてくれてありがと。でも意外だった。結婚のことまで考えてたなんてね」

「付き合ってほしい相手がいたらそのくらい考えるでしょ？　キムさんの恋人もそうじゃないの？　ああ、今は元カレと別れたばっかなんだっけ？　前に話してくれたじゃん？」

「よく覚えてるねえ…………まあ、そういう部分もあったよ。でも私にはそれがちょっと、つらかったかな」

「え？」

「何でもない。そう、マリリンは真剣なんだね。ガンバルをしてるんだ」

「そう。アイム・ガンバッテル」

ヨアキムの日本語を受け、真鈴もまたミックス言語で返事をした。

長い脚を組み直し、ヨアキムはロングカクテルのように、円柱形の水のコップを傾けた。

『ガンバル』って日本語を初めて聞いた時には、何それ？　って思ったな。『ワーキング・ハード』って意味らしいけど、目的語がないじゃない？『何を』ガンバルのかしら、ってすごく疑問だった。スタイルを取り繕《つくろ》うだけじゃないの？　なんて。でも、違うのよね」

「キムさんも日本語を勉強したことがあるんだ」

「ううん、リチャードの義理のお兄さんがね、すごい日本語マスターだから、それで時々聞いてたの」

「その人は？　どんな人？」

「うざいイケメン」

口を開け膝を叩いて大笑いする真鈴を、ヨアキムは慈《いつく》しむように見守った。そして真鈴が笑い終わると、静かに口を開いた。

「『ガンバル』って悪いことじゃないのよね。何でも真剣に取り組んだら、ちゃんといいことがある。それは当たり前のことだよね。トライした記憶は、自分の財産になってくれるもの」

「そうそう。求めよさらば与えられんって言葉もあるしね。意志あるところに道あり、とか」

「真鈴、今から大切なことを言う」

ヨアキムはマリリンではなく『真鈴』と呼び、静かな声で続けた。

「あなたの好意を、正義がどう思うか私にはわからない。でも受け止めてくれない可能性もある」

「だから諦めろって？」

「違う。一番大切なのは、あなたが自分でその理由を確かめることだと、私は思う。諦めるならそれでもいいけれど、私だったら、まず確かめる」

「……キムさんはアメリカの人でしょ？　アメリカにも『告白』の文化ってあるの？」

「私の知る限りあんまりないけど、あなたと正義が自然と一緒に出かけるようになるところは想像できないから」

好きですす付き合ってください式の告白によって、恋人関係が成立する日本とは違い、他国では『何となく一緒に遊びに行っているうちにそういう関係になる』という不文律のようなものが存在する。まさかヨアキムが『告白』をすすめてくるとは思わなかった真鈴は、少し狼狽《ろうばい》し、その後笑った。

「どしたの？」

「驚いたけど、何か、初めて背中を押してくれる人に会えて、ちょっと嬉しい」

「応援してるのとは少し違うよ。真鈴が自分で確かめたほうがいいって、それだけのこと。結果がどうなるかもわからない。でも忘れないで。私はいつでも真鈴の味方だし、心はあなたの傍にいるから」

　仰々しいほどのヨアキムの言葉に、真鈴の笑顔はすうっと消え、瞳が冷たい光を帯びた。

「……………中田さん、付き合ってる人がいるの？」

「何度も言うけど、自分で確かめたほうがいい」

「怖いんだけど」

「そりゃそうだよ。誰だって自分の秘密を誰かに打ち明ける時には怖い。でも真鈴は弱虫じゃないでしょ」

「当然」

　啖呵《たんか》を切ると、真鈴はドリンクバーのウーロン茶をごくごくと飲み干し、手の甲で軽く口を拭《ぬぐ》った。ヨアキムは笑い、はやし立てた。

「マリリン、世界に羽ばたくのも遠い日じゃないよ」

「キムさんさあ、この前話してくれた喧嘩した元カレじゃなくてもっといい相手探せば？山ほどいるんじゃない？　キムさんめっちゃいい人だもん」

「あら、ありがと。でも残念なんだけど、この世にあのうざい元カレ以上の男がいる気が全然しないの」

「ちゃんと好きなんじゃん。じゃあもう仲直り一択だね」

ヨアキムは曖昧《あいまい》に笑い、残りのフライドポテトをかきあつめるようにつまんだ。追加の注文をするかどうか、季節のデザートを一つとって二人でシェアしようか等、二人はわいわい騒いだが、結局その後は何も注文しなかった。

「じゃあねキムさん。私ガンバルから」

じゃねー、と言って去ってゆく真鈴に、ヨアキムは大きく手を振った。夕暮れ時、海のにおいのする風が吹く。長い髪をなぶられたヨアキムは、軽く目を細め、呟いた。

「……確かに一択だけど、選択が『仲直り』とは限らないのよね」


良太の姉は、あれ以降連絡を取ってこようとはしなかった。良太曰《いわ》く「ちゃんと異議申し立てをした」そうだったが、秋穂は特に何も言わなかったという。みのるは「そう」とだけ答え、良太に言伝《ことづて》を頼むようなことはしなかった。そもそも言えそうなことがない。

秋穂には秋穂の考えがあるのだろうし、自分には自分の考えがある。まとまっていなくても、自分の考えは、ちゃんとある。みのるはそう信じることにした。

のんびりしているうちに、秋の小イベントである芸術鑑賞会の日がやってきた。一年生から三年生までが勢ぞろいで体育館に並び、椅子《いす》に座ってステージを見る。ゲストが来ているのである。

壇上に人が現れた時、みのるは目玉が飛び出しそうになった。

気鋭のギタリスト、二十八歳、横浜《よこはま》市出身。

他でもないあの下村晴良が、開帆中学校の体育館にゲストとして降臨していた。

若いねー、可愛い雰囲気の人だねー、という声を聞きながら、みのるは目をぱちぱちさせることしかできなかった。

大切そうにギターを抱いた下村晴良は、もう一人のゲストを舞台袖《そで》から呼んだ。赤と黒のドレスをまとった、体格のいいお団子ヘアの女性が出てきて、ぺこりと頭を下げる。五十歳くらいの年齢に見えた。

「今回は特別に、横浜市のフラメンコバーのダンサー、モリエさんにも来ていただきました。モリエさん、よろしくお願いします」

モリエは画板をちょっと大きくしたくらいのサイズの板を持っていて、壇上の床にその板を置いた。下村晴良も一度舞台袖にひっこみ、木箱を持って戻ってくる。下村は脚を開いてその箱の上に座った。モリエは板の上に立つ。

二人は視線を交わし、音楽を始めた。

そこから先は音の洪水だった。ギターだけではない。下村は弦をかき鳴らしながら歌い、モリエは踊った。踊る靴から発される音は、まるで踏むことで悪魔をやりこめているような力強さだった。みのるの近くで誰かが小さく「ひえ」と呻《うめ》いた。怖いほどの迫力である。濁流《だくりゅう》のような音の世界が終わると、下村はにこっと笑って喋り始めた。

「今のは『マラゲーニャ』っていう曲です。『マラガの女性』で、『マラゲーニャ』。マラガはスペインの地名ですね。俺は大学のフラメンコ同好会でこの曲に出会って、ああー、フラメンコギターっていいなー、なんて思いました。思い出の曲です。それじゃあ次」

下村晴良は癒《いや》し系のMCをいれつつ、しかし強靭《きょうじん》に情熱的に音楽を続けた。途中でモリエは休憩に入り、下村だけが音楽を続ける。それでもみのるには目の前で踊る火のようなダンサーが見える気がした。ギターの音そのものが、透明なダンサーになって踊っている。

鑑賞会のしおりに書かれていた五曲を弾き切ると、下村は微笑みながら立ち上がった。

そして最後の挨拶《あいさつ》を始めた。

「……自分がフラメンコギターを極めるためにスペインに行くと決めたのは大学生の頃で、音楽を仕事にしようと思う人間にしては、そんなに早いことじゃありませんでした。プロを目指す人たちは、それこそ皆さんくらいの年の頃から、バリバリ活動している人も多いです。でも俺は最初からそういう風に考えていたわけじゃなくて、とにかく好きだから、めっちゃ好きだから、もっとフラメンコギターのことを知りたいと思って修業を決めました。もちろん俺のことを『変なやつ』っていう人もたくさんいました。でも、自分の信じる道を進んだおかげで、今俺はここで、ギターを弾いてます。そのことをとても嬉しく、誇りに思います。誇りに思うっていうのはちょっと難しい言葉になっちゃうな……何て言えばいいだろう。そう、嬉しくてハッピーだな、これでよかったな、って思ってます。だからもし、皆さんの中に『それは変だ』って言われることがあっても、頑張ろうって気持ちがある人がいたら、その人は無条件でアミーゴ、アミーガ、つまり俺の仲間です。今日は本当にありがとうございました。ムーチャス・グラシアス！」

その後みのるたちは拍手をし、先生に言われていた通り、しばらく拍手をやめなかった。そうすると「とてもよかったです」「アンコールしてください」という意味になるらしい。予想通り下村は戻ってきて、いやあ、と照れたように後ろ頭をかいた。モリエも一緒に戻ってきた。

「ありがとうございます。それじゃあ最後に一曲。これは俺の……っていうか、俺と友達のオリジナル曲で、本当はギターとピアノの二重奏なんですけど、今回はギターのソロバージョンでお送りします」

モリエとアイコンタクトを交わし、下村は再びギターを抱いた。

最後の一曲は、明るいとも暗いとも言い難い、不思議な雰囲気の曲だった。威嚇《いかく》するような靴音は封印され、タタタ、タタタ、という軽やかな音だけが聴こえる。フラメンコには怒りや悲しみなどの激しい感情がいっぱい入っています、と下村はMCでさらりと伝えていたが、この曲にはそういう激しい感情の影は見当たらないように思えた。

下村は今度こそ名残惜しそうに舞台袖に引っ込んでゆき、芸術鑑賞会は終わった。

「思ってたより楽しかったねー」

「ギターってけっこうすごいんだね」

「でもあの人、何でフラメンコにはまったんだろう？」

「言ってたじゃん、大学で好きになったって。感想シート書かされるよ」

「そんなの『よかったです』でいいじゃん、めんどくさー」

ダレた空気で感想シートを書き終わると、その日の授業はそれで終わりだった。書き終わった人から帰ってよしというので、みのるは『よかったです』『ギターってすごいと思いました』など当たり障《さわ》りのないことを書き、最後に『下村さんありがとうございました』とお礼を書き添えて、そそくさと教室を後にした。

閉鎖された屋上に続く階段には、案の定良太と真鈴がいた。

「みのる、おっそ！」

「お前真剣に感想書きすぎだろ」

「適当に書いたつもりだったんだけど……それに下村さん、正義さんの友達みたいだし」

「うっそ」

「ガチで？」

みのるはこの前の良太の姉の件は除外して、どうやら下村が正義の友達であること、リチャードとも知り合いであることを語った。良太と真鈴は一度驚くともうそれほどリアクションせず、「あの二人の顔の広さはやばい」という結論に達した。

良太の姉の一件以来、二人はみのるのことを心配していた。良太は一時的に秋穂と険悪になっていたらしいが、秋穂にフライドチキンをおごってもらったと楽しそうに話して以来、悪いムードが継続している様子はない。みのるとしては、このまま何となく話が消えてゆくことを願っていた。

下村さんとも今度もしかしたら会えるかもね、ギターすごかったね、という話をした後、またねと言って三人は別れた。

別れたのだが。

「みのる、ちょっと」

兄の友達とゲーム対決をする、と言って良太が急いで帰っていった後、みのるは校門近くで真鈴に呼び止められた。先に出て行って待ち構えていたようだった。

「話がある」

みのるは特に怖いとは思わなかった。相手は真鈴である。逆にみのるは真鈴が心配になった。思いつめた表情に見えたからである。

「真鈴、大丈夫？　最近ちょっと、顔が怖いよ」

「あ？」

「ごめん。怖いっていうか、真剣に見えるから……」

何か考えてることがあるのかなって、とみのるは言い添えた。心配されていることに気づいたらしく、真鈴は表情を柔らかくした。

「まあ考えてることはある、かな。でもこの前キムさんと話してね、励ましてもらったとこ」

「励ますって何を？」

真鈴は答えず、かわりに提案を投げかけてきた。

「今度、中田さんと二人で話したいことがあるんだけど、セッティングしてもらえない？真剣な話だって伝えて」

「えっ……」

みのるは真鈴の言おうとしていることに想像がついた。真鈴にもみのるが気づいたこと程度はわかるはずである。そんなことを誰かに言うなんて恥ずかしいはずなのに、真鈴は静かにみのるを見ているだけだった。特にもじもじもせず、赤くもならず、堂々と。

真剣さのバトンを受け取ったように、みのるは頷いていた。

「わかった……やってみる。でも」

「『でも』じゃなくて、ちゃんとやって。スーパー親友の頼みだよ」

「……………すごく頑張る」

「はは。ありがとみのる。私も頑張るから」

真鈴は最後に少し恥ずかしそうに笑い、手を振って学校の駐車場の方向に歩いていった。お母さんが車で迎えに来るらしい。後ろ姿はいつもと同じように颯爽《さっそう》としていて、長い黒髪はサラサラと左右に揺れていた。

みのるはその時ふと思った。

下村晴良の最後の曲。明るくも暗くもないように聞こえた曲。

あの中にも、もしかしたら、フラメンコの中に含まれるという『激しい感情』が、いっぱい入っていたのかもしれないと。

真鈴の姿を見ている最中、みのるは何故かそんなことを考えてしまった。

みのるがおそるおそる家に帰り、宿題を仕上げると、案の定正義と一緒に下村晴良がやってきた。職員室の先生方との飲み会を早めに切り上げてきたのだという。

「あっちの飲み会も楽しそうではあったけどさ、俺としては正義の作った食事が食べたいんだよ。お前のメニューはプロ並みだから」

「日本食ってリクエストだったけど、いいのか。ここ日本だぞ。本格的な寿司《すし》も懐石もそこら中にあるだろ」

「わかってないなあ！　お前の日本料理は、海外歴の長い日本人の『これ食べたい』ってツボを一撃で仕留めてくれるんだよ。俺はそういうかゆいところに手の届く料理がいいの。寿司屋でお好み焼きは食べられないし、懐石でタルタルソースの唐揚げは出てこないだろ」

「わがままな息子を持つ親の気持ちがちょっとわかった気がするよ」

「アミーゴ！　ジョキエロうまかもんー！　ムーチャスおなか減ったー！」

「何語だ」

その日の献立《こんだて》はめちゃくちゃだった。ちらし寿司。めんたいこスパゲッティ。卵焼き。

タコさんウィンナー。タルタルソースとパセリをかけた唐揚げ。ハンバーグオムライス・デミグラスソースがけ。エビチリ。麻婆豆腐《マーボードウフ》。アジフライ。そうめんと薬味。様々なおにぎり。

「うひょーっ！」

情熱のギタリストであったはずの下村は、みのるより幼い子どものような顔をして、正義の準備した『日本食』ディナーに目を輝かせた。もしかしてこれは『お子様ランチ』の手加減なしバージョンなのかな、とみのるはちらりと思ったが、口にはしなかった。

「いっただっきまーす！」

「ゆっくり食べろよ。食事は逃げないから。そういえばお前、明日は？」

「明日はオフだけど移動日。関門《かんもん》海峡を越えて、明後日《あさって》は俺の先生と福岡でライブ」

「忙しいやつだなあ」

「お前ほどじゃないよ。や、今は日本に定住してるんだっけ」

「久しぶりにな。腰を据えるのもいいもんだなーって思った」

「それで料理してくれるんだから最高だよ。また遊びに来てもいい？」

「来られるならな。ずっと公演の予定が詰まってるだろ。次はパレルモだっけ？」

「ローマ。その次がパレルモで、次がライプツィヒ」

「ドイツ語圏か。どうするんだよ」

「英語で乗り切る！　まあ英検三級だけどな」

「……本当に困ったら、電話くれ。何とか力になるよ」

「だいじょぶだって、アミーゴ！　俺だって大人なんだから」

　正義と下村晴良は本当によい友達同士であるようだった。二人はスーパー親友なんですねとみのるが言うと、二人はちょっと驚いた顔をした後、そうだね、そうだな、と肯定してくれた。二人は同い年の二十八歳だという。

　十年後くらい、二十二、三歳になった自分と良太を想像し、みのるは思考停止した。全然何も浮かばなかった。そもそも良太の将来の夢も知らないし、自分の夢すらわからない。高校生になったら文系理系とコースが分かれるから、それまでにちゃんと決められるように、やりたいことをいろいろ考えておくといいぞと先生は言った。だがみんな適当に聞き流している。みのるも聞き流していたが。

　何も浮かばないことを誤魔化しているだけなのかもしれなかった。

　少なくとも真鈴はいろいろ考えている。二十代の真鈴は簡単に想像できた。大人になっていて、髪の毛の長さはそのままで、ちょっと化粧が濃くなって、モデルや女優として活躍していて、ひょっとしたらアメリカに住んでいる。かっこいい女性になっているはずだった。

そして真鈴は、その隣に中田正義がいることを夢見ている。

市内の実家に帰るという下村を見送った後、戻ってきた正義に、みのるは切り出した。

「正義さん……あの」

真鈴が、どうしても、二人で大事な話がしたいと言っている、と。

言いたかったが、みのるは言えなかった。

正義はいつもと同じ、どうしたの？　という顔でみのるを覗《のぞ》き込んでいる。親しみ深い、みのるを信じてくれている顔で。

みのるはこの前、神立屋敷で聞いた話を思い出していた。

正義はリチャードと、パートナーで。

それはとても大事な相手であるという意味で。

他にパートナーが増えるということは、ないと断言した。

そういう人を、「付き合ってください」と誰かに告白されそうなシチュエーションに連れだそうとするのは、悪いことではないのか？　騙《だま》し討ちというものになるのでは？

「…………」

みのるは何も言えず、首を横に振った。

「何でも……ないです」

「そっか。思い出したらまた話してよ」

「はい」

みのるは風呂に入ってベッドに横になった後、勇気を出して真鈴に連絡した。

『ごめん。誘えなかった』

返事はすぐに入った。みのるの想像通り、真鈴は返事を心待ちにしていたようだった。

『わかった。ありがと。自分で誘う』

特に怒ったり悲しんだりしている様子のない、さっぱりきっぱりしたメッセージに、みのるは少し安堵《あんど》した後、罪悪感に襲われた。真鈴には他にもっと言うべきことがあるかもしれないのに、何も言えないでいる自分が卑怯《ひきょう》に思えた。

『ごめん』

いろいろな思いを込めて一言を送ると、真鈴は親指を立てたマークの絵文字を寄越した。気にしなくていいから、と言われた気がした時、みのるはいつもより強く、自分が友人たちに助けられているのだと感じた。

「こんにちは。ようこそ横浜中華街へ。一人ですか？」

夜の中華街の人ごみを歩いていたヨアキムは、流暢な英語で声をかけられ振り向いた。

「あらこんにちは、お兄さん。私、どこかであなたにお会いしたことあったっけ？」

「ないと思いますね」

赤い扉と、漢字で書かれた屋号とおぼしき看板の間に、切れ長の瞳のポップスターのような青年が立っていた。腰には薄汚れた白いエプロンをつけている。

「うちの中華料理はすごくうまいですよ。しかも安いです。寄っていきませんか」

「……じゃ、お邪魔させてもらおうかしら。少なくとも英語は通じるみたいだし。私はキム。あなたは？」

「バイト中の謎のナイスガイです」

「あらまあ」

自称謎のナイスガイを多少怪しみつつ、ヨアキムは繁盛している店の中に入った。英語メニューはなかったが、これとこれとこれがおいしいですというナイスガイの助言に従い注文すると、おいしそうなスープと粥《かゆ》と野菜炒《いた》めが出てきた。

一口食べ、ヨアキムは目を見開いた。

「私、この味とお料理を知ってる。よくみのるが運んできてくれるものと同じ」

「そりゃあそうでしょう。その子はうちの坊ちゃんの友達ですから。みのるくんを知ってるんですか？」

「居候《いそうろう》先の可愛い子なのよ。まだ小さいのにすごく遠慮がちでね、頭のいい子よね」

「俺もそう思います。デザートは？」

「いただこうかしら」

　つるりとした杏仁豆腐《あんにんどうふ》を食べた後、ヨアキムは勘定を払おうとしたが、謎のナイスガイはそれを手で留めた。ヨアキムは眉間《みけん》に皺《しわ》を寄せた。

「……もしかして、リチャードと正義にツケておけってこと？」

「そうじゃありません。うちの店のコースはまだ終わっていないので」

「あらまあ。もうお腹《なか》いっぱいで入らないんだけど」

「食べ物じゃありません。食後の占いです」

「？」

　顔中のパーツというパーツで「？」の意を表するヨアキムに、謎のナイスガイは淡々と説明した。この店では営業努力として、従業員による占いが行われていること。占いの料金は飲食代にインクルーシブになっていること。素人《しろうと》のやることなので何を言われたとしても大目に見てほしいが、みんな真剣にやっていること。できれば協力してほしいこと。

ヨアキムは苦笑し、まあいいかなとひらひらと手を振った。

「このあたりで流行の占いは、手相《パーム・リーディング》って言うんでしょ？　手くらいなら貸してあげる」

ナイスガイは一礼し、それではと店の奥に消えた。どうやら占いをするスタッフがいるらしい。その後も店をうろうろ歩き回っていたが、どうも彼の探す相手はいないようだった。

心底呆れたとでもいうような深いため息を漏《も》らし、ダークブラウンの髪の青年は顔をしかめた。

「あいつ……本当に仕方ないやつだな……すみません。うちの占い師は時々シャイで、今は消えているみたいです」

「あなたは？　あなたはすごくお口が上手みたいだし、ナイスガイだから占いもナイスにしてくれそう」

「それはどうも」

青年はその後も店の内外をウロウロしていたが、本当に探し人はどこにもいないようだった。ヨアキムが笑い始めると、ナイスガイは肩をすくめた。

「本当に仕方がない。かわりに俺がちょっと見ましょう」

「お手柔らかにね。ひどい相が出てるでしょうから」

「人生経験のことを言ってます？　手相っていうのは新陳代謝と共に幾らかは変わってゆくものですから、いつどの段階でも同じ相が出るとは限らないんですよ」

「あらま、玄人《くろうと》風なことを言うのね」

　ヨアキムの対面の席に腰掛けた青年は、大きな手を両手で捧げ持つと、うーん、うーん、とまるでやる気のない様子で唸《うな》った。そして告げた。

「えー……健康運、普通です」

「ちょっと。『普通』って何。笑わせないで」

「金運も普通」

「だから『普通』って何？」

「対人関係、普通。旅行運、すごく普通。妊娠出産運、普通」

「妊娠出産運って、そんな運気もあるの？」

「中華街の占いだと普通ですね。お産がうまくいくかどうかは、昔の人間には文字通り死活問題でしたから。ああ、恋愛運、大凶」

　いきなりの託宣だった。

　ヨアキムが目をしばたたかせても、青年は顔色を変えなかった。

「大凶です。何か問題でも?」

「何か問題でもって、あるに決まってるでしょ。そこも『普通』でいいんじゃないの」

「でも、そう出てるんですよ。手相を説明しましょうか」

ここをこう、というよくわからない説明をヨアキムは聞き流したが、一番最後に言われた言葉は無視しなかった。

「今は恋愛関係の中でも、特に恋人運がツイてないみたいですね。新しい人を探すといいって出てますよ。そういう感じですか?」

「……みのるから何か聞いてる?」

「まさかとは思いますけど、中学生男子に恋愛相談してるんですか。それもそれでどうかと思いますよ」

「してないっての。あてずっぽうでいい加減なこと言うとあなたを口説いちゃうわよ」

「すみません、既婚の子持ちなので、わりと命は惜しいです」

命なんか取らないよと、ヨアキムは笑ったが、青年は笑わなかった。しばらく大口を開いて笑い続けた後、長身の麗人《れいじん》は呟くように告げた。

「中学生男子には相談してないけど、中学生女子には多少相談したかなー。あの子にも言われたんだよね、『もっといい人探したら?』って。でもみんな勘違いしてるのよ。私は

『いい人』が欲しいんじゃなくて、私の好きな人に、もっといい人を見つけてほしいの」

「はあ。面倒くさそうですね」

「そ。面倒くさいのよ。面倒くさい人生、面倒くさい性格、面倒くさい好み。私の人生面倒くさいことばっかり」

「聞くからに面倒くさい相手が寄ってきそうですね」

「まあ時々いるわ。私以上に面倒くさい男も」

ヨアキムは幸せそうに笑ったが、すぐに笑顔は引っ込んだ。

しばらくぼんやりするような時間があった後、ヨアキムは再び口を開いた。

「でもね、私の可愛いミスター面倒くさいは、本当にいい人なの。だからうんと幸せになってほしい。でも私と一緒にいると、面倒くさいが単純計算で二倍になるじゃない？　実際はそれどころじゃなくて何十倍にもなっちゃうんだけど……それがもったいないのよ。私があげられるものがせいぜい杏仁豆腐一杯くらいだとしたら、あの人は中華料理店をまとめて十軒くらいくれるの」

「俺だったら杏仁豆腐のほうがシンプルでいいですね」

「もののたとえ」

窘めるようにヨアキムが告げると、よくわかりましたと男は頷いた。

そして告げた。

「要するにあなたは、逃げてるんですね」

「は？」

「好きな相手がいるのに、そこから逃げようとしてる。そういうのはアメリカ人がよく言うところの『天命《コーリング》から逃げる』ってことなんじゃないんですか。面倒くさい人生を送ってきたっていうからには、面倒くさい理屈はたくさんつけられるでしょう。でも自分が幸せになる道を選ばないのは、たとえそれが償《つぐな》えない罰を償いたいからとか何かそんな理由からだったとしても、人生からの逃避です。死ぬまで逃げ続けることになりますよ。俺はそれを知ってます」

「あらそう。あなた人を殺したことある？」

「あります。実の父親でした」

「…………冗談を言ってる？」

「死ぬのを待ってました。あいつが死なないと俺の人生は始まらなかったんで。病気の薬を買う金を自分のために使いこんで、晴れて父親は死にました。死に顔は今でも夢に見ます」

ヨアキムは何も言わず、右の手のひらをテーブルの上に広げたままにしていたが、青年が言葉を打ち切ると手を握り、左手と重ねた。

「……それは『殺した』って言わない」

「俺の中では言うんです。じわじわ首を絞めたのと同じことなので」

「殺すっていうのは、もっと責任のあることで、あなたがやったのは自分の人生を生きるために仕方なかったことじゃないの」

「文化の違いですかね。俺にとってはあれは殺人だったんです」

「………………いい人なのね」

「『いい人』はこんなことしゃあしゃあと話したりしなくないですか？」

「なんか、ごめんなさいね。面倒くさい話題を持ちかけちゃって」

「どういたしまして。俺も相当面倒くさい男なんで、そういうのは慣れっこですよ」

「本当に既婚の子持ちなの？　シフトは何時まで？　一緒にカラオケ行かない？」

「何度も言いますが、わりと命は惜しいです」

　ヨアキムはいたずらっぽく笑い、勘定を済ませた。ツケでいいですよと青年は言い張ったが、おいしかったから支払いたいと強弁するヨアキムに押し切られる形だった。

　それじゃあね、と手を振って出て行ったヨアキムは、店に入ってくる前よりも幾らか元気な足取りになっていた。

店の奥からおずおずと出てきた、謎の帽子とローブ姿の『占い師』に、謎のナイスガイことヴィンスは軽蔑《けいべつ》の眼差《まなざ》しを向け、暗愚《あんぐ》を責めるような嘆息を漏らした。

「遅。遅すぎです」

「さすがに出られないでしょ？　こんなに人が多いところで修羅場《しゅらば》をお見せできる？　無理だって」

「さすが面倒くさい男、幾らでも言い訳を思いつきますね」

「……否定はしないよ」

面目ない、とばかりに頭を下げる『占い師』の背中を、ヴィンスはぽんと叩いた。

「まあ、脈はまだ十分ありそうじゃないですか、占い師さん」

「うるさいよ。ああー、キムに君のこと紹介しなくてよかった。あとでパテックフィリップの時計をあげる」

「いらないです。相変わらず言ってることとやってることが真逆ですよ」

「……君がやったことは殺人じゃないと思うけどね」

「あなたがやったことも大した裏切りじゃないと思いますけど、こういうの『傷のなめ合い』っていうんですかね」

「今日はもう寝たい。ニューグランドに帰って寝たい」

「ホテルニューグランドに連泊して中華街でバイトしてる人間なんて珍獣ですね、珍獣」

「二回も言わなくていいから」

横浜を代表するホテルの良室に宿泊する『占い師』は、厨房《ちゅうぼう》から呼ばれていそいそと戻っていった。任せられている数少ないタスクの一つ、皿洗いの人手が必要になったのである。

ヴィンスはその後ろ姿を見送り、呟いた。

「何でもかんでもあんたのせいになるほど、世の中単純じゃないよ」

そしてテーブルの客に呼ばれると、はあいと返事をして、追加の注文を取りに向かった。


みのるが風呂から上がった頃、ヨアキムはマンションに戻ってきた。いつものようにニコニコ笑っているが、どことなく疲れている雰囲気なので、みのるは少し心配になった。リチャードと正義はそれぞれの部屋にこもって、別々の仕事を片付けている。

みのるが一度部屋に戻り、やらなくてもいい宿題の確認や明日の持ち物チェックをしてからリビングに戻ると、ヨアキムはソファに腰掛けて、例によって端末を覗き込んでいた。

手持ち無沙汰《ぶさた》に端末をいじっているようでもあるが、表情はかなり深刻そうである。ヨアキムはみのるに気づかなかった。

少しだけまわりこむと、みのるには端末のディスプレイが見えた。

アルファベットの大きな見出しと、人物写真。恐らく英語の新聞か雑誌。ショッキングな赤や黄色の吹き出しは、何となくSNSで多用されている強調のスタンプのようだった。カジュアルな雰囲気で、いろいろな人たちの記事が載っている。ヨアキムはスクロールをしてゆき、あるタイミングで指を止めた。

ヨアキム自身の写真が出てきたのである。

みのるは息をのんだ。写真の中のヨアキムは、かなり露出の多い格好をしていて、ぴかぴか光るライトの下で脚を上げて踊っていた。その隣にまるで不釣り合いそうな、かっちりしたスーツ姿の男性の写真が並んでいる。みのるにはその人の顔をどこかで見たことがあるような気がしたが、少しリチャードに似ていること以外思い出せなかった。

みのるがぼんやりしていると、はっとしてヨアキムが顔を上げ、ディスプレイは暗くなった。

「ミノル？　ダイジョウブ？」

「……大丈夫です」

「ヨカッタ」

ヨアキムは微笑み、端末を持って自分の部屋へ入っていった。

部屋の扉がパタンと音を立てて閉じるまで、みのるはヨアキムの背中を見つめていた。

上背のある、長い髪の持ち主の姿は、何だかいつになく小さく見えた。

宝石の歌

Inter-mission

オペラハウスにほど近いホテルに戻り、ベッドに身を投げると笑い声が聞こえた。

「そんなに疲れた？」

「そうでもないけど、ずっと座ってたからお尻がかたくなっちゃった。ストレッチ」

「じゃあ、せめて首飾りは外さないと」

そっと滑《すべ》り込んできた長い指が、ヨアキムの首から金の金具を外した。

たくさんのトパーズをぶどうの房のようにぶらさげたネックレスは、彼からの贈り物だった。揃《そろ》いのイヤリングと指輪もついでに外して手渡す。彼は笑った。

「そっちのほうが楽そうでいいね」

「昔のお姫さまたちの苦労がわかってきた気がする」

「でも君は宝石が似合うよ。すごく似合う」

ウィングカラーの襟《えり》を緩め、黒いジャケットを脱いだ彼は、ベッドの隣に寝そべると、猫のように体を伸ばした。二人で寝そべっても、上下左右どの角度からも手足がはみださない広さのベッドにも、既《すで》に慣れて久しい。

長いホリデーみたいなものだからと。

最初に説明された時、何も思わなかった。そういうものかなと感じただけだった。強《し》いていうのなら、嬉《うれ》しかった。

今までの人生の中で、彼が『ホリデー』と呼べるような休息の日々を得たことがあるようには思えなかったので、その手伝いができるなら、嬉しかった。

今夜のオペラの演目は『ファウスト』。初めて耳にする単語だった。仮にそれが『ファースト』が訛《なま》ったものであるなら、続編に『セカンド』や『サード』もあるのか、と尋《たず》ねると、実はイレブンスまである、と彼は真面目な顔で答えてくれた。背中を軽くどつくと、彼はまるで学生のようにけらけらと笑った。悪魔からプレゼントされた宝石を、そうとは知らず清純なヒロインが次々と身に着けてゆき「まるでお姫さまよ」と喜びながら歌うアリアが一つの聴かせどころで、ヨアキムはうっとりと目を閉じて聴きほれた。隣に腰掛ける男に身をもたせかけながら。

その時の写真が、既にＳＮＳにアップされているのは知っていた。帰り道のリムジンで確認済みである。もちろん自分たちで掲載したものではない。

隠し撮りである。

見るべきではないから見ない、と最初は割り切っていたものの、あまりに膨大《ぼうだい》な分量の情報が投稿され共有され適当なドラマをつけられ消費されてゆくので、ヨアキムはそのうちある程度を『仕事』として観測することにした。度を越えたものは、広がる前に「法的な手段を講じる」とアプローチすることで抹消《まっしょう》可能だからである。とはいえそこまでのものが広まったことは、幸運にも一度もなかった。幸運にも、と声もなく頭の中で繰り返すと、唇にいびつな笑みが浮かんできた。

ベッドの隣に寝そべっている彼が、少しだけ体を起こした。

「そういえばさあ」

さりげない声色《こわいろ》だったが、何か大きなことを切り出されるのはすぐにわかった。彼は声のトーンを自在に操れると自負しているし実際にそういう面もあったが、何カ月も毎日毎日同じ声を聞き続ければ、微細な違いもわかるようになるものである。

やわらかな青色の瞳を細め、彼は笑っていた。

「君は何が好き?」

「……何って?」

「宝石とか」

「これ以上もらえないよ。身に着けるところがなくなっちゃう」

「『とか』だから、別に宝石じゃなくてもいいよ」

含みのある言葉だった。

ヨアキムは変化球を投げられるのが好きだったが、それはうまく投げ返す前提の話である。愛撫《あいぶ》のように言葉のキャッチボールを愉《たの》しめる関係は心地よかったが、今回の球は投げ返す角度を間違えればひどいことになりかねないという予感があった。彼も、自分も。

　しばらく考えているうちに、彼は質問を重ねてきた。

「君は何が好き？」

　時間稼ぎのようなキスをした後に、ヨアキムは微笑《ほほえ》んだ。好きなもの。そんなものは決まっていた。

「あなたが好き。世界で一番好きだよ、可愛《かわい》いジェッフィ」

「ありがと。でも知ってる」

「教育の甲斐《かい》があったね」

「昔の人の言葉を引こうか。『怪物と闘う者は、怪物と化さないように注意せよ。なぜなら深淵を覗《のぞ》く時、深淵もまたこちらを覗いているのだ』」

「どういうこと？」

「君が僕を見つめてるのと同じくらい、僕も君を見つめてるってこと」

「ネットフリックスの見すぎ」

「君の瞳ほどは見てない」

「めんどくさいこと言うー」

「はいはいお互いさま、お互いさま」

それでしばらく、会話は棚上げになった。

二時間後、ヨアキムが跳びはねるように目覚めると、隣でうとうとしていた彼もつられて起きてしまった。嫌な汗で体がびしょびしょになっていて、全力疾走で捕食者から逃げたように息も上がっている。

「どうしたの」

「……何でもない。ちょっと、嫌な夢を見て」

「こっちに来て。ハグさせて」

空耳をしたのかと思ったが、そうではなかった。

彼はいつかの自分そっくりの声で、ヨアキムを慰《なぐさ》めているのだった。

「ルームサービスとる？　飲みに行こうか」

微笑みがあまりにも優しくて、しばらく何も言えなくなった後、口が動いた。

「あなたは……何で平気なの？」

何が？　と彼は尋ねなかった。自明のことである。

世界有数の富豪に属する男は、ややあってから朗《ほが》らかに微笑んだ。

「そうだねえ……生まれた時から『永遠に耳元で雑音が聴こえますが、無視しましょう』って教育を受けてきたせいかな。これでも僕は誇り高きオナラブル・ジェフリーだから、一般人よりは耐性があると思う」

「違う、ごめんなさい。今の質問はひどかった」

「そうでもないと思うけど」

「別の質問をさせて」

どうぞ、と促《うなが》すのと同時に、彼は腕をまわしてきた。

本当に、こういうことが自然とできる人が、どうして自分と一緒にいるのか。

考えれば考えるほどわからなくなる迷宮に迷い込みながらも、口は動いた。

「あなたは……どうして私を恨まないの」

多少、間の抜けた沈黙が訪れた。

ブーンという空調機の音が微かに聞こえる中、しばらく経《た》った後、彼は首を傾《かし》げた。

「うーん？」

「ジェッフィ、真面目に答えて」

「真面目に答えようとして考えてるよ。でも前提条件がおかしい。何で僕が君を恨むの？

感謝するならまだしも」

「それは」

言葉に詰まっても、彼はそれ以上何も言おうとしなかった。それは。それは。頭の中を無数の言葉がガーランドのように回る。

何とかして絞り出した声は、何故《なぜ》か震えていた。

「……私があなたに、あげられるものと、私があなたから奪ってるものの、種類が全然違うから」

返事は笑い声だった。

真面目に話しているのよ、と眉間《みけん》に皺《しわ》を寄せると、彼はいつものように適切なタイミングで笑いをおさめ、しばらく足をパタパタさせた後、微笑みながら告げた。温和で、理知的な笑みだった。

「君は僕に水と酸素と黄金をくれた。同じタイミングで、もしかしたら僕たちのまわりには雑音が少しだけ増えたかも。でも水と酸素と黄金と、雑音って、そもそも比較可能?」

「……オーバー」

「個人的には全然だね。だから僕は君を恨んでないし、恨もうと思ったこともない。もっといろいろなものをあげたいと思うし、君から与えてほしいとも思う。強欲だよ、僕は」

「何でもあげるよ。まだあげてないものがあればだけど」

「おやファウスト博士、メフィストフェレスの前でとんでもないことを仰《おつしや》いましたね」

「私はあんなむっつりインテリじいさんとは違うから」

ごろりと寝返りをうってベッドから出ようとすると、誰かの手が柵《さく》のように降りてきた。なあに？　と振り向くような形で見上げると、真上に彼の顔があった。

「君の時間をくれない？　僕に。もっと」

寝乱れた姿の彼は、しかしいつになく、真剣な顔をしていた。

言わんとすることを悟るのは簡単だった。受け止めることほど難しくはない。

少し考えたような素振りを見せた後、ヨアキムはぐるりと瞳を回し、大きく笑った。

「そんなもの、幾らでもあげるし、今だってシェアしてる」

彼の返答は沈黙だった。うまくかわせただろうかと思っていると、彼は微笑まず、少し頭をかいた。

「うーん、質問の仕方を間違ったかな」

「ジェッフィ」

「ちゃんと質問しなかった僕がいけなかった。そのままの格好でいいから立ってくれる？」

「ジェッフィ」

「世の中には相手が立ってくれないと言えなかったり、できなかったりすることもあってさ」

「ジェッフィ！」

今度こそ、彼は獲物を逃すつもりはないようだった。

今までにも同じトピックを持ちかけられたことはあった。だがその都度《つど》のらりくらりと逃げていたし、逃げることを許容されてもいた。

だがここから先はそうはいかないと、彼は言っているようだった。

うかうかしているとベッドサイドに跪《ひざまず》いてしまいそうな男を留め、ヨアキムは何とか告げた。

「……ちょっと私も、時間が欲しい。考える時間が」

いいかなと尋ねると、答えは明快な「もちろん」だった。


ホテルのベッドで夢を見た。オペラハウスで聴いた、耳がキンキンする歌を誰かがうたっていて、その歌に追い立てられるように、数々のジュエリーを身に着けてゆく自分自身を俯瞰《ふかん》している夢だった。首飾り。腕輪。イヤリング。ティアラ。そんなに着けたら重くて動けなくなるのではないかという量があり、それでもまだまだ着けるものは残っている。後から後から盆に盛られて運ばれてくるので決してなくならないのである。でもそれは最初からわかっていたことではあった。重くて動けないなどと、今更言う気はなかった。だが。

最後の盆に載っていたのは指輪だった。

たった一つきり、虹《にじ》色に輝く石のセットされた指輪。

ジュエリー人間のようになった自分はおずおずと後ずさりをし、銃を構えた人間をなだめるように両手を前にかざしていた。ちょっとそれは難しい、ちょっとそれはどうなのかしらと告げても、盆はひとりでに近づいてくる。

その奥にはにこにこ顔の青年が立っていた。

無限にも思われる富にまみれ、時に溺《おぼ》れかけ、しかしその中をゆうゆうと渡ってゆくことを選んだ青年が。もう青年って年齢でもないわねと考えると、彼は笑った。

それをあげる、と。

子どものような声で言った。

でもこれを渡したら、あなたはもう別の人には同じものをあげられなくなるんだよと、諭《さと》しても青年は聞かなかった。あげるから、と微笑むばかりである。もっと他にいろいろ選択肢《し》があるかもしれないし、私は今もらっているぶんでもう十分だから、と言い聞かせようとすると、彼は少し、悲しそうな顔をした。

欲しくないの？　と。

俯瞰のカメラマンであった意識は、その時ジュエリーの怪物と同化した。下方向ではなく目の前に彼がいて、微笑みと共に盆から指輪を持ち上げ、差し出してくる。

そして自分と彼とを囲む世界に、無数のカメラのレンズが光っているのも見えた。バシャバシャバシャというシャッター音はまるで投げつけられる石礫《いしつぶて》のようで、後ろに生身の人間がいるのかいないのかも判然としない。大きな機械に挟まれているような不快感だった。彼もまた同じ思いを味わっているはずなのに、穏やかな微笑みには、恐れも怒りもまるで滲《にじ》んでいなかった。

いいんだよ、と言われている気がした。

今までの全てを、彼の前でのみ晒《さら》すことができ、誰にも裁かれず、ただありのままでいることを許されている。

そんな気がした。

こういう人なのだと。

こういう人を好きになったのだと理解した時、夢は醒《さ》めた。

二度目のベッドでの覚醒《かくせい》は静かだった。隣では彼がまだ眠っている。

両手で顔を覆《おお》い、ブツブツと呪文のように呟《つぶや》いた。逃げたらいけない、逃げたらいけない、逃げたらいけない、と。

だがそれにも限界がある。

戦略的撤退、という言葉が続いて脳裏をよぎった。

前に進むために、一度退《しりぞ》くということである。

何だかいい響きだった。逃避の別の言い方としてぴったりである。

「…………ごめん」

眠りこける彼の額に一度キスをしてから、ヨアキムは身支度を整え始めた。

行くことのできる場所は少なかったが、全く存在しないわけでもなかった。


コール四回で電話は繋《つな》がった。

アメリカで耳にするのとは少し響きの違う『ハロー』に、ジェフリーは目を細めた。

「やあハリー。久しぶり。今は大丈夫？　ちょっと相談があるんだけど」

『何なりと、私の可愛い弟』

「恋人が逃げちゃった」

『……GPSは？』

「あはは、初手でそれを言われるとつらいなあ」

もちろん追跡してるよ、とジェフリーは電話口で笑った。

たった一人残された高級ホテルのベッドの上で、半裸の男は肩をすくめ、枕元のジンを呷《あお》った。

「何がいけなかったのかな。すごく愛してるし、愛されてるとも思うんだけど。あれかな？　和製英語で言うところのマリッジブルー？　それともオペラ鑑賞って、何かの理由で地雷だったりする？　中田《なかた》くんに相談しておけばよかったな」

『マリッジ、失礼、何色だと？』

「プレ・ウェディング・ジッターズのこと」

『……ああ、ようやく申し込んだのか。おめでとう』

「いや申し込もうとしたら逃げられたんだよ。おめでたくはないです。まだね」

『しかしあの人は、きっとお前と結婚してくれると思うよ』

「僕もそう思ってる。っていうかそうする」

しばらくの沈黙の後、再び口火を切ったのはジェフリーだった。

「あのさ、『貴族だから』って理由でふられそうになったことってある？」

『……すまない、ジェフ、私にはあまり恋愛の経験がない』

「ごめん。そうだよね。でもこういう話をリッキーに振るほど無神経にはなれなくて」

『私にならいいと思ってくれたところに、お前の信頼を感じる。ありがとう』

「とっても真面目なところを本当に信頼してるよ、ハリー」

　皮肉るような言葉を、ヘンリーは「ありがとう」と言って受け取った。そういうリアクションをされるとちょっと罪悪感が湧く、とジェフリーが告げて以来、いつもそうするようになったので、兄なりのジョークであることを弟はわかっていた。

　何かもう一言くらい返したい、と弟が思っている間に、長兄は言葉を紡《つむ》いだ。

『恐らくあの人は、わかっているのではないかな』

「……何を？」

『お前が自分の人生を、どうでもいいと思っていることが』

「え？　どうでもよくはないよ？　だって好きな人がいっぱいいるし。自分のことを大切にしましょうねって、ちゃんとキムが教育してくれたしね」

『では言葉を変えよう。全ての重荷をお前が背負うと、勝手に覚悟してしまったことを、怒っているのではないかな』

「…………」

　今度の返答は予想外だった。

沈黙を保ち続けるジェフリーに、ヘンリーは言葉を続けた。

『ジェフ、私たちは確かに、高貴な存在に相応《ふさわ》しいふるまいをするようにと、非常に時代がかった、ある意味で特殊な教育を受けてきた。悪いばかりのことではなかったと思う。だが、あの人はお前に守られたいとは思っていないのではないかな。たとえ過去、お前があの人にずっと守られていたように感じているからという理由があるとしても、あの人がその記憶と引き換えに、これからの全てをお前に任せて安穏《あんのん》と過ごしてゆきたいと考えるとは、私は思わない』

ジェフリーは何も言えなかった。心の中の、一度も殴られたことのない場所を、優しく撫《な》でられたような感覚だった。

ヘンリーは言葉を継いだ。

『ジェフ、時間をかけたほうがいい。そういうことをお前は遂行《すいこう》しようとしている』

「……ハリー、マジで、電話してよかった」

『どういたしまして。これでもお前の不肖《ふしょう》の兄だ』

「あっ、でもまだ許してないからね。諸々のこと。ずっと許さないよ」

『……ありがとう、ジェフ。ではそろそろ切っても構わないかな。こちらは朝の四時だ』

「うわーごめん、時差のことを忘れてた。こっちはまだ夜の十一時」

『よい夜を、ジェフ』

「おやすみ、お兄ちゃん」

最後にヘンリーはくすりと笑い、そのまま回線を切った。

背中からベッドにぽーんと身を投げたジェフリーは、携帯端末を握ったまま手足をばたつかせ、あーっと呻いた後、意を決したように叫んだ。

「よーし、待ってろ、僕の愛《いと》しい人！　今すぐ重荷を背負わせに行くからね！」

朗らかな決意表明は、広いホテルの部屋にわんわんと響いた。

case. 3

タンゴ・コモ・ラーヴァ

十一月になってすぐの金曜日。みのるはリチャードから珍しい申し出を受けた。

神立《かんだち》屋敷が人手を募集しているという。

正義《せいぎ》が前日から京都に出張している朝、ぱりっとスーツを着こなしたリチャードは、ジローとサブローを撫《な》でてやりつつ、みのるに話を持ちかけた。ヨアキムがまだ寝ているので、落としたトーンの声で。

「神立屋敷も片付きつつあるのですが、いらないものがいろいろと出てまいりまして。片付けのお駄賃とまでは申し上げませんが、よろしければお好きな方にお譲りしたいのです。とはいえフリーマーケットのようなことのできる場所でもありません」

なるほどとみのるは頷《うなず》いた。とはいえそこで終わる話ならみのるに『人手を募集』などと言うはずもない。何となく話の成り行きを理解し、みのるは提案した。

「良太《りょうた》と真鈴《まりん》に声をかけてみてもいいですか」

「願ってもないことでございます。片付けは来週の日曜日を予定しております」

来週の日曜日。偶然だろうか、とみのるは思った。その日も正義は出張で前日から留守にしている。

みのるが少し、訝《いぶか》しむような目を向けると、リチャードは首を傾《かし》げた。

「みのるさま?」

「あ、いえ、何でもないです。わかりました」

みのるが学校でその件を打ち明けると、良太は手を叩いて喜んだ。

「うひょー！　あのお屋敷にまた入れるのサイコーだな！　仮面舞踏会のこと、俺今でも昨日のことみたいに思い出せるもん。一生忘れないな、あれは」

「他には誰が来るの？　タヴィーも来る？　舞踏会で仲良しになった女の子のことだけど」

「わ、わからないけど、もしかしたら来るかも。でも正義さんはいない」

「なんだ……」

真鈴はがっかりした顔をしたが、でも諦《あきら》めない、と言わんばかりに小さなガッツポーズを作った。

みのるはますます真鈴に申し訳ない気持ちが募《つの》った。

「……真鈴」

「何？　みのる、顔が暗いよ。何かあったの。最近私と話す時、いつもそんな顔してる」

「お前がブロッコリーばっか食べてるから心配してるんじゃねーの？　マジでもっと食べたほうがいいって」

「栄養バランスは完全に管理してるの。事務所には栄養士さんもいるから、君たちよりよっぽど健康」

「だったらいいけどよお……」

みのるは何も言えず、適当に笑ってごまかした。真鈴は完全にはごまかされてくれなかったようだったが、それ以上追及もしなかった。

「じゃあ日曜日、二人とも参加だね。詳しい話が決まったらメッセージを送るから」

りょうかーい、と良太はおどけたポーズをとり、真鈴もにこりと笑って応じた。

日曜日。特に雑巾もほうきも持たず、三人は指定通り『汚れてもいい服装』『荷物少なめ』の装備でやってきた。神立屋敷に入ると、広間の真ん中で誰かが仁王立ちをしている。赤いバンダナをリボンのように頭に巻いた女性が、腕を組んで胸を張っていた。

「よく来たな！　これから始まるは掃除の饗宴《きようえん》！　心してかかるがいい！」

リチャードの元生徒だったという大学生、オクタヴィアである。三人とは仮面舞踏会で顔見知りだった。ラスボスのような口調で喋《しやべ》るオクタヴィアは、上下ともカーキ色のジャージ姿ではあったが、内側に着ているボウタイ付きブラウスが、みのるには何となく、というかかなり掃除には不似合いな高級品に見えた。リチャードの姿は見えない。

長い黒髪をアップスタイルにした真鈴は、オクタヴィアに寄りついてハグをした。

「タヴィー、久しぶり。元気だった？」

「マリリン！　元気だけど課題で死にそう。そっちも相変わらずだね。キム姉にダンス教えてもらったんだって?」

「そうなの。あ、キムさんとも知り合いなんだね」

「もちろんよ。そもそもあの人はリチャード先生の従兄《いとこ》の……おっと。この話はまだしないでおくわ、大人にはいろいろあるから」

「ふーん」

「ちょっと、誰かの口ぐせみたいなこと言わないで」

オクタヴィアは笑ったが、真鈴にその冗談が通じないとわかると、ごめんなさいねと謝った。

広間の隅《すみ》には、リチャードの言っていた『いらないもの』が並んでいた。年代物のようだがきれいに保存されているテディベア数体。大きなボトルの中に入った精緻《せいち》な帆船《はんせん》の模型。毛足の長い糸で織られた手のひらサイズの敷物。ランプ。くるみ割り人形。

「うひょー! やべえ、この帆船ほしーわ。敷物系は母ちゃんが死ぬほどフィーバーしそう」

「これ全部、売ったら高いんじゃないの……ねえみのる、本当に私たちが来てよかったの」

「でも、リチャードさんがいいって言っていたから」

「お待ちしておりました」

いつものように二階から下りてくるのではなく、屋敷の給湯室側から出てきたリチャードは、スーツのズボンにワイシャツ、アームカバーに手袋という姿だった。これから掃除をしますという主張の強い服である。とはいえ相変わらず華麗《かれい》な雰囲気を漂わせている。どうやったら掃除ファッションの中に気品が漂うのだろうと、みのるは頭をひねったがわからなかった。

「リチャードさーん！　久しぶりでっす」

「おはようございます。お招きいただきありがとうございます」

「良太さま、真鈴さま、ご無沙汰《ぶさた》しております。こちらこそ、不躾《ぶしつけ》な依頼をお聞き入れくださり、恐悦至極でございます」

挨拶《あいさつ》を済ませると、リチャードは学校の先生のようにみのるたちにプリントを配った。時々正義が読んでいるミステリー小説の一ページ目のように、家の見取り図が描かれている。上からバツが書かれている部屋が幾つかと、マルが書かれている部屋が三つ。廊下にもマルが書かれている。

バツの部屋は立ち入り禁止、マルの部屋は入ってＯＫで掃除をしてほしい、とリチャードは説明し、その後みのるたちは分担を決めた。オクタヴィアは既《すで》に受け持ちの部屋が決まっているという。掃除の内容は埃《ほこり》とりとゴミ拾い程度でよし、どうしたらいいのかわからないものがあったり、トラブルが起きたりしたらすぐに知らせること。家にはもろい部分もあるので、必要な掃除道具は全て買い揃《そろ》えてあるものだけを利用すること。

「それでは皆さま、よろしくお願いいたします。私は一階の掃除をしておりますので」

はーい、と四人は唱和した。

個々の部屋を分担して掃除、その後三人で廊下をするという段取りで、みのるたちはそれぞれ担当の部屋に入った。良太の呆《あき》れたような「うわー」という叫びが、みのるの、そして恐らくは真鈴の心境も代弁していた。

以前良太と神立屋敷に突入し、二階の天井裏に潜んだ際、部屋の広さはわかっていたつもりだったが、あの時には必死になっていて、部屋の中にどんな家具があるのか、壁紙がどんな風なのか等、細かいところを眺めている暇はなかった。

だが改めて観察すると。

やや色あせてはいるものの、細かな絵柄が幾重にも描き込まれていて、絵画のように繊細な壁紙。淡い緑とピンクの小花柄。

緩やかなカーブを描く濃い茶色の木材と、淡いグレーのクッションで構成された一人がけの椅子《いす》。セットとおぼしき同じ木、同じ布のソファ。鈍《にぶ》く輝く布で作られた、大きな円柱形のクッション。

出窓にかかった二重のカーテン。カーテンを留めている金色の編み紐《ひも》。そのライオンの尾のような房《ふさ》。

床板が若干《じゃっかん》、埃っぽいところを除けば、まるでお城の部屋のようだった。

「こんなところ……本当に掃除していいのかな」

だから簡単な掃除でいいって言われてるでしょー、という真鈴の声が、壁ごしに返ってきた。古い家である。部屋と部屋の間の壁は薄いようだった。

ダラダラ掃除をしても意味がないので、みのるたちはリチャードに提案された通り、十五分のタイマーを二回セットした。計三十分が経過したら部屋の片付けがどれほど進んだのかを見て、残りの所要時間を考える。最初の十五分はあっという間に過ぎ、三十分もすぐに消し飛んでしまったが、ともかく作業は進んだ。

支給品の柔らかい布と羽ぼうきで受け持ちの部屋中を拭《ぬぐ》い、はたいて、ある程度きれいになったかなと思えたのは、一時間が過ぎた頃だった。廊下に出てきた良太は、うおーと唸《うな》りながら腰を叩いていた。

「腰がいてー！　ひーっ、一生分掃除したー！」

「君の『一生分』短すぎ。ストレッチしたら？　これから廊下の掃除もあるのよ」

「が、がんばるよ……」

三人がそれぞれの部屋から出てくると、誰かが階下でぱんぱんと手を叩いた。階段の上から顔を出すとオクタヴィアだった。

「みんなー！　お茶の休憩の時間だよー！　手を洗って広間に戻ってきてー」

はーい、と答える良太を見て、小学生みたいと真鈴はぼやいた。三人はばたばたと洗面所に向かい、アンティークのような真鍮《しんちゅう》の蛇口《じゃぐち》から水を出して、泡石鹼《せっけん》できれいに手を洗った。

広間に入ると、いつものローテーブルではなく、仮面舞踏会の時に使われたのと同じ、やや背の高い大きいテーブルが引き出されていて、その上に五人分のチョコレートケーキとロイヤルミルクティーのカップが置かれていた。オクタヴィアが準備してくれたらしい。

「さあどうぞ。お召し上がりになって。ランチはまだ先だけど、小休憩は必要でしょ」

「リチャードさんは……？」

「先生はあっちで電話中」

あっち、とオクタヴィアは管理人室に続く渡り廊下の方角を指さした。やっぱり二人とも仕事が忙しいから正義がいるいない等は関係なく、きっと今日しか選べなかったんだなと思い、みのるは少しほっとした。

掃除のためにそこらじゅうに散らばっている適当な椅子に座って、三人はオクタヴィアと共にケーキとお茶を楽しんだ。チョコレートケーキは甘さ控えめのタイプだったが、ロイヤルミルクティーは時々家でふるまってもらえるものと同じ、じんとしびれるような甘さでバランスがいい。

オクタヴィアは微笑《ほほえ》み、三人を眺めてうっとりとした。

「懐かしいなあ。クリスマスパーティの準備をしてるみたい」

「タヴィー、クリスマスパーティが好きなの？」

「みんなでパーティの準備をするのが好きなの。寂しいのが嫌いだから」

「あ！　わかる！　俺もみんなでわいわいするほうが好き」

「あと、一応言っておくと、私、日本語で現地の人とこんなにお喋りするの、たぶん初めてなのよ。私の日本語の先生はみんな日本人じゃなかったから」

「リチャードさんも中田《なかた》さんもそうだけどさあ、そんなにいっぱい色んな言葉を覚えてどうするんだろうな？　英語だけできれば何とかなるって、野口《のぐち》先生言ってたじゃん？」

「ああ、英世《ひでよ》ね」

野口先生というのは一年の英語担当の先生である。もわっとしたヘアスタイルの男性で、苗字《みょうじ》が野口なので、あだ名は真鈴が言った通り『英世』だった。

オクタヴィアは少し笑い、それはどうかなと呟《つぶや》いた。

「語学を勉強する理由って、リチャード先生みたいなところまで行くと、もう想像が追いつかない感じはするけれど、誰しもみんな『外国で困らないようにするため』だけじゃないと私は思うな。日本語を勉強して一番面白かったのは、私みたいに英語やフランス語が母語の人とは、考え方が違うかもってわかる瞬間だった。みんな頭の中で何か考える時も日本語で考えるでしょ？　私は英語かフランス語で考えるけど、絶対そのプロセスが違う」

みのるはオクタヴィアの言っていることが半分くらいしかわからなかった。良太は完全に『何言ってるのかわからない』モードの顔になっている。だが英語の得意な真鈴には通じるものがあるようで、うんうんと頷いていた。

オクタヴィアはハッとしたようで、おほんと咳払《せきばら》いをした。

「話をまとめるとね、言語学習には『自分じゃない誰かを理解したい』っていう、願いが含まれているような気がするの。それは自分の傍《そば》にいる大切な人かもしれないけれど、世界の裏側で暮らしている違う国の人かもしれない。私の出身地はスイスで、ここから飛行機で十時間以上かかるのよ。そんなところに生まれた人が、日本で友達を作ってケーキを食べてるんだから、本当に言葉って、すごいのよ」

「すごいのは言葉じゃなくてタヴィーの努力だと思うけどなあ」

「ありがとうマリリン。でもあなた、『努力は人間の最低条件』って、前に会った時に言ってなかった?」

良太はわざとらしく絶望的な声をあげ、椅子から転がり落ちて床に突っ伏した。俺は人間じゃなかったのかー、という呻《うめ》き声に、真鈴とオクタヴィアが笑う。みのるはいたたまれなかったが、オクタヴィアは再び口を開いた。

「逆に言うなら、みんなちゃんと生きてるでしょ。それだけで努力してるのよ。ただまっすぐ立っている時にも体中の筋肉が緊張してるのと同じで、生きてるのってすごいことなんだから、胸を張ったほうがいいわよ」

そう告げるオクタヴィアの目に、みのるは透明な影のようなものを見た気がした。

生きているだけで、つらい。生きているのが嫌になってしまった。

日々そう思っていた頃の自分自身が、瞳の奥にいる気がした。

飛行機で十時間以上かかるようなところに住んでいた人に、どうしてそんな感覚を覚えるのだろうと、みのるが不思議な気持ちになった時。

音楽が聞こえ始めた。

ズンズン、ズンズン、というリズムと、アコーディオンのような甘い音色が特徴的な、異国情緒の漂うＢＧＭである。

「あら?」

「なんか鳴ってるな」

「……タンゴね。これは『ラ・クンパルシータ』」

「真鈴、お前ほんと物知りなところとダメなところのギャップが激しいよな。アンモナイトも知らなかったのに」

「うっさい。昔のCMで流れてた曲でしょ。動画サイトで見たことある」

「お待たせいたしました」

管理人室の方角から、リチャードが戻ってきた。

胸には大きな金色の花のようなものを抱いている。らっぱだ、とみのるは最初思ったが、すぐに違うとわかった。吹き口にあたる部分が、箱にくっついているからである。音楽はそこから流れ出していた。

良太が声をあげた。

「わあー！　リチャードさん、それ何ですか?」

「こちらは蓄音機という機械です。手巻き式ですので、電源に接続していなくても動きますが、ねじが切れると止まってしまいます。長くて一時間程度でしょうか。老朽化が進んでいる今、どの程度ねじが保つのか知りたいのです」

蓄音機の木箱の部分には、何か灰色の石っぽいものがはめ込まれていた。ダイヤモンドとは程遠い、どちらかというと乾燥した粘土のような雰囲気だが、よくよく見るときれいな形が彫り込まれている。この蓄音機は一体幾らする品物なのかと、みのるは気が遠くなりかけたが、良太はただはしゃいでいた。

「何かすげーのが来たなあ！　真鈴、蓄音機って知ってる？　俺初めて見た」

「レコードをかける機械でしょ、知ってるよ、社長が好きでたまに聴いてる」

「俺レコードも知らねえ……」

「えっ……あなた、レコードを知らないの。ごめんちょっとショック」

「だ、大丈夫ですか、オクタヴィアさん。疲れたんですか……」

「そういうことじゃないの、ちょっとジェネレーションのギャップを感じて」

リチャードは蓄音機を空いている椅子の一つにぽんと置くと、手袋を外して胸ポケットに入れ、ケーキと紅茶に手を伸ばした。

みのるは奇妙に胸がざわした。ズンズン、というリズムのタンゴが流れ続けているせいかもしれなかった。椅子のない開けた場所で、真鈴は一人、踊り始めた。

「あらマリリン、タンゴが踊れるの」

「ダンスは一通りやってるから。でも社交ダンスはほんの少しだけ」

「教えるわ。一緒に踊ってよ。タンゴは女同士でも男同士でも踊れるダンスよ」

そして真鈴はオクタヴィアの肩に手を置き、オクタヴィアは真鈴の腰を抱いた。せーの、という真鈴の合図で、四本の脚《あし》が動き始める。靴がステップを踏む。

掃除のための格好をしているのが惜しいほど、二人は颯爽《さっそう》とフロアを踊りまわった。途中でお茶とケーキを食べ終わったリチャードが、残りの椅子をきれいに広間の右と左に置き分け、広間は舞踏のためのフロアになった。

タンゴが流れ続け、三曲ほど続いた頃、二人は息継ぎをするように停止し、それぞれ椅子に腰掛けた。

「ふー！　楽しかった！　タヴィー、上手だね。こういうのも勉強したの？」

「先生と中田さんがブエノスアイレスで同棲《どうせい》してた時、ちょっとだけお邪魔したのよ。その時お二人でよく踊ってたから、私も交ぜてもらって、三人で交代交代踊ったわ。ブエノスアイレスはいいわよ。きれいなところだし」

「……同棲って、同居のこと？」

「同居？　同居と同棲ってどう違うの？」

「友達とだったら同居、恋人とならなら同棲」

「え？　じゃあ同棲でいいんじゃないの？」

みのるは一秒で心臓を握りつぶされた気がした。

タンゴは四曲目に差し掛かっていた。一体このレコードには何曲タンゴが収録されているのだろうと、みのるの頭は現状と著《いちじる》しく無関係なことを考え始めた。何かこの現実とは無関係なことを考えていたかった。

真鈴は訝《いぶか》るような目をオクタヴィアに向け、オクタヴィアもしばらく似たような目をしていたが、ある瞬間に何かに気づいたように椅子から立ち上がり、両手で顔を覆《おお》った。

「……ごめんなさい」

困惑の顔をする真鈴に、オクタヴィアは弁解の言葉を重ねた。

「この前のパーティで、知ってると思ってた」

オクタヴィアはそれっきり真鈴を見て黙り込んだ。

真鈴は沈黙し、みるみるうちに青くなっていった。

みのるも黙り。

リチャードも黙っていた。

「え？　え？　みんな今、何の話してんの？」

良太はきょろきょろしながら黙り込んでいる面々を眺め、最後に説明を求めるようにみのるを見たが、みのるは何も言えなかった。

真鈴は正義が好きで。

でも正義はリチャードが好きで。

それで二人はパートナーなので、他にそういう相手を作るつもりはないんだと。

真鈴は今それを、半分くらい知ったところなんだと。

そんなことをこの場所で口にできるほどみのるは恐れ知らずではなかった。

リチャードは立ち上がり、蓄音機に近づいていった。ズンズン、という音楽を止めようとしたらしい。

だがそれよりも早く、早足の真鈴が蓄音機に辿《たど》り着いた。

蹴《け》り飛ばすのか、とみのるは思ったが、違った。

真鈴は蓄音機ではなく、針に手を伸ばしたリチャードの手に、自分の手を重ねていた。

じっとリチャードの顔を見上げ、真鈴は低い声で告げた。

「……踊ってもらえますか？」

みのるはぞっとした。誰かのこんなに怖い声を聞いたことがなかった。脅すような声色《こわいろ》というわけでもないのに背筋が粟立《あわだ》つ。どんな感情がこもっているのか、言葉で説明しろと言われてもできる気がしなかったが、何かどろどろした黒い塊《かたまり》を目にしたような気がした。

リチャードはいつもと同じ、完璧な美貌《びぼう》の微笑みで応じた。

「喜んで」

新たなタンゴが始まった。

真鈴はリチャードの肩に手を置いた。オクタヴィアと真鈴で組んでいた時にはそれほど気にならなかったものの、成人男性のリチャードと組むと真鈴の小柄さが引き立つ。リチャードはそっと真鈴の腰に手を置き、リードした。

ステップを踏むたびに、真鈴はほとんど距離のない場所から、リチャードを突き刺すような眼差《まなざ》しで見つめた。

そういうことなんですか？

そういうことなんですか？　と、問い詰めるように。

リチャードはその全てを涼やかな表情で受けていた。

まるで何も、問い詰められてなどいないかのように。

少し眺めているだけで、みのるにも明らかに二人の力量が違うことがわかった。真鈴のステップはどことなくぎこちないが、リチャードの足の運びは流れる水のようになめらかで、弾ける火のように激しかった。それでいて上半身は揺るがず、唇には絶えず微笑みを湛《たた》えている。

五曲目のタンゴはすぐに終わり、六曲目が始まった。

二人の踊りは終わらなかった。

みのるの隣にやってきた良太が、ぼやくような口調で言った。

「真鈴、何で踊りまくってんの？　そろそろ終わりにしてもらえばいいのに」

「……しないと思う」

「え？　何で？」

みのるにもわからなかった。だが真鈴は決して、自分から踊りをやめようとは言わない気がした。決して。

そしてリチャードも踊り続けていた。

みのるは急に怖くなった。リチャードはみのるの保護者の一人で、とても優しくて物知りでしっかりしていて、朝は時々寝坊するものの、それ以外の場所では完璧な存在である。みのるがそうと言わなくても疲れていると見て取れば、そろそろお休みになりませんかと言ってくれる相手だった。その完璧な常識人が、完璧な微笑みを浮かべながら、完璧なタンゴを踊り続けている。

それが怖かった。

六曲目のタンゴが終わろうとする時、真鈴の脚が少しもつれた。リチャードが抱き起こそうとする前に、真鈴は自分で体勢を立て直した。

「まだ踊れるんで」

真鈴は踊る間、ずっとリチャードを睨《にら》みつけていた。瞳にこもる憎しみで人が殺せるのなら、真鈴はとっくにリチャードを殺していそうな気がした。だがその憎しみも疲れと共に徐々に薄れ、精一杯な頑張りばかりが前面に出ている。それなのに。

リチャードの礼儀正しい表情は、いつまでも変わらなかった。

みのるは椅子から立ち上がった。

「みのる?」

「……音楽を、止める」

「え?　何で?　踊ってるのに?」

止めなければならないとみのるにはわかった。睨みつけられているリチャードが可哀《かわい》そうだとは思わなかった。それは猫に爪を立てられている壁が可哀そうだというようなものである。

猫の爪が折れてしまう前に、何とかしなければならない。

みのるの中にある思いはそれだけだった。

蓄音機の止め方などみのるにはわからない。壊してしまうかもしれないと思うと怖かった。だが真鈴がこのまま壊れてゆくのを見るのはもっと怖かった。

何とかしなければ、とみのるが一歩踏み出した時。

誰かが蓄音機の後ろ、管理人室の側から広間に入ってきた。

最初に気づいたのはみのるだった。次に気づいたのは良太とオクタヴィアだった。四番目に真鈴が気づき、最後に気づいたのは背中を向ける姿勢で真鈴と踊っていたリチャードだった。

真鈴がステップを踏む前に、誰かがリチャードの手を取った。

バトンタッチ、とでも言うように。

「正義」

リチャードが呟いた時には、真鈴は正義の後ろにかばわれていた。

麗《うるわ》しい宝石商の手を取っているのは、今しがた広間に入ってきた中田正義だった。

停止されなかった蓄音機は、新しいタンゴを奏で始めた。

正義とリチャードの踊りが始まる。

二人はオクタヴィアと真鈴のように打ち合わせをする必要などなく、ノータイムで静かに踊り始めた。真鈴と踊っていたリチャードのポーズは変わらないまま、正義がリチャードの肩に手を回している。

二人のステップは砕ける波のように素早く、そよ風のように穏やかだった。

くるくると回転しながら踊る二人の表情が、みのるには断片的に見て取れた。正義は怒っていた。何やってるんだ？　とリチャードを問い詰めるような目である。他方リチャードは、何となく気まずそうに遠くを見ている。

ステップを介してコミュニケーションを取るように、二人の踊りは時に激しく、時に穏やかになりつつ、絶え間なく続いた。

「すっげえなー……」

良太の呟き通り、『すごい』踊りだった。

真鈴はそれを棒立ちになって見ていた。肩で息をしているのを心配しオクタヴィアが後ろに立っていたが、本人はまるで気づいていない様子で、踊る二人をただ見ている。

世界にリチャードと正義の二人しかいないように、じっと。

「マリリン、ちょっとあっちで休んだら……？」

音楽が一区切りついた時、みのるははっとし、蓄音機に唯一ついているスイッチを押した。

音楽は終わり、リチャードと正義は踊るのをやめた。

「……志岐《しき》さんと何やってたんだ？」

「ダンスを」

「それはわかるけど」

正義の声は冷たかった。

リチャードが次に何か言う前に、真鈴が叫んだ。

「申し訳ありません！　私、急用を思い出したので、今日はこれで」

そう言うと真鈴は、広間に置いていた小さなリュックをひっつかみ、つかつかと屋敷を出て行った。おい真鈴、という良太の声にも振り返らない。オクタヴィアが追っていった。

「…………」

顔色の悪いリチャードに気づき、正義は眉根を寄せた。

「本当にどうしたんだ。何があった？」

リチャードは真鈴を追うかどうか迷ったようだったが、結局追わなかった。そして正義を見た。

「少し、話ができますか。二人で」

ぴりっとした表情を見せた正義の後ろで、みのると良太は顔を見合わせた。

同じ相手に何度も何度も何度も電話をかけることを鬼電と言ったりする。真鈴は電話の鬼になっていた。『ヨアキムさん』という最近登録したばかりの相手の表示には二桁《けた》の数字が表示されている。十五回この番号に電話をかけたという意味だった。一度も繋《つな》がらなかった。

神立屋敷から坂を下って元町《もとまち》に下りたものの、真鈴は行くところが思いつかなかった。とぼとぼ歩いて、山下《やました》公園のある方向に続く横断歩道を渡る。ぼうっとしていたせいか、何ということのない段差で、真鈴はつまずきそうになった。

あ、と思った時には、真鈴は前から歩いてきた相手に支えられていた。

「大丈夫ですか」

「……えっ！　嘘《うそ》、リ」

チャード、まで言ったところで、真鈴は人違いであることに気づいた。青い瞳の持ち主は流暢《りゆうちょう》な日本語を話し、金茶色の髪の毛にスーツ姿で、高そうな革靴をはいていたが、リチャードではない。横浜《よこはま》によくいる、ややハンサムな白人男性だった。アタッシェケースが似合いそうな風体だったが、何故《なぜ》か巨大なボストンバッグを提《さ》げている。

信号が点滅し始めた横断歩道をとりあえず渡りきり、真鈴は男性にお礼を言った。彼は回れ右をし、よろよろしている真鈴についてきてくれたのである。

「すみません、変な名前で呼んで。人違いでした」

「そんなのは構いません。でも本当に大丈夫ですか。顔が真っ白です」

それはそうだろう、と真鈴は思った。

今までの人生の中で、間違いなく一番、真鈴は衝撃を受けていた。誰かに鉄パイプで後頭部を叩かれ続けているように頭が痛かった。

何も言わないでいたらこの人は通り過ぎていくかな、と真鈴が思っていると、男性は高そうなスーツで跪《ひざまず》き、真鈴の顔を見て笑った。

「実は僕は、占い師の見習いなんですけど、そこの公園でちょっと占っていきますか」

真鈴の警戒アラートは黄色から赤に変わった。見ず知らずの男にこんなことを言われたら、百パーセント逃げるべきである。キャッチ、カラオケの勧誘、占いの呼び込み、どれも警戒のシンボルであると、母も社長も真鈴に教えてくれた。

だが真鈴は、自分を粗末にしたい気分だった。

「…………嫌なこと言われたら蹴っ飛ばしちゃいそうなメンタルなんですけど」

「別にそんなことを言うつもりはないですけど、蹴っ飛ばされても別に構わないですよ」

「気持ち悪い」

「今のは傷ついたなあ」

男性はいきなりボストンバッグを開け、中華風の文様の入った布を取り出した。スーツの男性が頭からすっぽりかぶることのできる巨大なローブだった。中から小学生の工作のような帽子を取り出し、折れている部分を直して頭にかぶる。

易者《えきしゃ》、と言ってもまあ通りそうなコスプレだった。

「ね。本当に占い師セットを持ってるでしょう。ちょっとは信じてもらえましたか」

「山下公園のベンチでよければ付き合います」

「それはいいですね。僕は公園が大好きです。僕のパートナーの次くらいにね」

謎の占い師コスプレ男には恋人がいるようだった。へえ、と思った後、真鈴は自分の甘さに笑いそうになった。パートナーがいるというのは異性を安心させるための常套句《じょうとうく》である。信頼すべきではなかった。

パートナー。

自分で自分の胸を突き刺してしまったような痛みに耐えつつ、真鈴は海沿いの公園まで歩き、人出の多い花園のベンチを促《うなが》した。

「ここでいいですか。じゃあ占ってください」

「かしこまりました、プリンセス。何を占いましょう」

「私の未来」

「未来の何を?」

「……そもそも未来があるかどうか」

占い師は真鈴の言っていることがよくわからないようだった。当然だと真鈴は笑った。真鈴自身よくわかっていないのである。

わかっているのは、目を開けているというのに、瞼《まぶた》を下ろしたように目の前が真っ暗だということ。

もう何もかもが黒く塗りつぶされていて、世界すら存在しないような気がした。

「もう……何か……全部……わからないから……」

真鈴は泣きたくなかった。見知らぬ男の前で泣く女というのは、その男によしよしと慰《なぐさ》められたいと思っている女ということになり、相対的に弱い存在になる。真鈴は弱くなりたくなかった。強い人間でありたかった。英語の歌でよく歌われる『独立して光り輝く』『かっこいいほうの意味のビッチ』でありたかった。そんな女は男の前でさめざめと泣いたりしない。

だが涙は勝手に出てきた。

真鈴は歯を食いしばり、怒りくるった鬼のような形相で、膝《ひざ》に顔をうずめた。隣から何かがスッと出てくる。淡いブルーの地に茶色のストライプが入ったハンカチだった。Ｊというイニシャルらしきものが刺繍《ししゅう》されている。真鈴はありがたくハンカチを広げ、顔面をがしがしと拭いた。

「ご婦人に泣かれるのは久しぶりだな。最後に泣かれたのは『ひどいわ、遊びだったのね』って、会ったこともない女性に抱きつかれた時かな」

「意味わかんない。何やらかしたんですか」

「カメラマンに雇われた俳優さんだったんですよ。そういう写真を撮るとセンセーショナルでしょ？　安い雑誌やタブロイド紙に売れるんです」

日本の話ではなさそうだった。真鈴にはタブロイド紙が何なのかよくわからなかったが、特に今教えてほしいことでもない。ハンカチではなをかんでも、占い師は特に怒るような様子はなかった。

「……お兄さん、やくざですか？」

「どうして？」

「こんな高そうなハンカチではなをかんでも嫌な顔しなかったから。そういうの日本語だと、肝《きも》が据わってるって言うでしょ」

「ははは、それはいいですね。じゃあ僕は『やくざな占い師』ってことで。ちなみに僕のパートナーもよくハンカチではなをかみます」

「嫌な人……」

「そこが可愛《かわい》いんですよ」

のろけ話のようだった。真鈴が無視すると、占い師は勝手に喋った。

「プリンセス、人間の未来の有無はね、占いではわからないんです」

「……何で？」

「どんな風にでもできることだから」

よくわからない言葉だった。真鈴が眉間《みけん》に小さな皺《しわ》を寄せると、占い師は立て板に水で喋った。

「いろいろな占いを勉強したんですが、あれってね、『大いなる存在があなたをどんな風に導こうとしているか』っていう、潮の流れを読み解こうとする試みなんですよ。もちろん潮の流れがあると仮定しての話ですが。でもぶっちゃけた話、ドーヴァー海峡やボスポラス海峡を泳いで渡る人がいる以上、潮なんてそこまで絶対的なものじゃないですよね？」

「占いの概念に正面から喧嘩《けんか》売るようなこと言ってますよ」

「そんなことはありません。占いの世界って深淵《しんえん》なんです。読み取り方次第でどんな風にでも判断可能、言うなれば究極の読書感想文です」

「『読書感想文』って、日本以外の国にもあるんですか……？」

「僕の国にはありませんでしたけど、僕の家庭教師は宿題に出しましたね。その人は日本人でした」

「…………」

真鈴は次第にうすら寒い気持ちになってきた。そもそもコスプレ衣装を持っていたからといって、目の前の男が本当に占い師とは限らない。奇妙なことばかり言う日本語に堪能《たんのう》な男は、不気味な夢の登場人物だった。

真鈴の気持ちを読んだように、自称占い師は真鈴に手を出すよう促した。だが直接手に触ろうとはしない。真鈴はあるかないかの誠実さを感じた。

占い師は整った顔を輝かせ、華やかな笑みを浮かべた。

「すごいな！　こんな手相は初めて見る。輝くきらきら星のような未来でいっぱいだ。星の光がまぶしすぎて見えない。あなたの未来は光に溢《あふ》れてますよ」

「…………」

でもそれは未来が『あった』場合の話だ、と真鈴は思った。死にたいと思っているわけではなかったが、何故世界が今も存在しているのか信じられないような感覚は消えなかった。自分がいるのが不自然に思えて仕方がなかった。圧縮袋に入れられた冬物の衣類のように、ぺしゃんこになって押し入れの隙間《すきま》に放り込まれたかった。

真鈴が黙り込んでいるうちに、遠くで遊んでいた子どもたちが近くにやってきて、きゃーきゃーと叫びながら追いかけっこを始めた。無邪気で、楽しそうだった。

真鈴は目を伏せ耳を塞いだが、声は聞こえた。隣に座る占い師の声も。

「あの、僕が小さい頃一番ショックだったことの話をしてもいいですか」

「……短めでお願いします。私、今わりと余裕ないので、他人に同情できないです」

「自分は自分で好きになる人を決められないんだってわかった時でした。以上」

は？　という顔を真鈴がすると、占い師はハンサムな顔に、悪く言えば多少胡散《うさん》臭い、よく言えば親しみ深げな笑みを浮かべた。

「世界にはあるように見えるでしょう、『正解』ってものが。好きになる『べき』相手がいる。それはわかってる。品行方正でお金持ちでいい感じの人を選べばいい。でも僕の心が好きになるのはそういう相手じゃなかった。それどころか、どうやら将来的には自分の家族を傷つける可能性が高い相手ばかり。そう気づいた時には、けっこうショックでした」

「馬鹿《ばか》みたいな話ですね。それ、つまり恋する相手を自分で選べないって言ってるんでしよ、そんなの当たり前じゃないですか。選べたら、選べたら、選べたら、もっと私だって、楽だった。楽だったのに！」

　真鈴は叫ぶように言い、自分の拳《こぶし》で両膝を叩いた。賑やかな公園の中では目立ちもしない行為だったが、真鈴は自分で自分の動揺ぶりに驚いた。隣に座る占い師が涼しい顔をしているのが、真鈴は悔しかった。

「……何で私、こんなことになってるの。意味わかんない。もう一回キムさんに電話する」

「あー待って待って今はその人に電話するより占い師の話を聞いたほうがいいって星が告げている」

「まだお昼ですけど、どこに星が見えるんですか」

「やだなあ！『見えぬけれどもあるんだよ』って詩もあったでしょう、あれですよ」

「得意げな日本文学トリビアうざ……」

　真鈴は自分が少しだけ元気になっていることに気づいた。誰かに話しかけてもらうと、それだけで多少は気が晴れるらしい。だから自分はこんなにヨアキムと電話したかったのだなと思ったが、相手が占い師になっても、まあまあ効果があるようだった。かといって説教をされたいとは思わない。でもちょっとくらいは励まされてもいい。

　占い師はそのギリギリのラインを、そこそこの鬱陶《うっとう》しさと共に適《かな》えていた。

「選べるものと選べないものがある、って僕の友達のお母さんが言っていたらしいです。

いい言葉じゃないですか。世の中そんなものばっかりですよ。選べないもののほうが体感的には多いような気もしますけど」

「…………」

「逆に質問しますけど、誰が一番よさそうだろう、この案件かな、ってサブスクの配信映画みたいに選んだ相手に、泣くほど夢中になりますか？」

「無理」

それが答えです、と占い師は言わなかったが、そういうことだった。

真鈴は徐々に自分が平常運転に戻り始めているのを感じた。走り回る子どもたちの声が、数分前ほど耳障りではなくなってきている。

「だんだん頭が落ち着いてきました……自分が何にショックを受けてるのか分析したい気持ちになってきた……」

「おお、何と聡明なプリンセスだ」

「何を食べたら初対面の相手に『プリンセス』って言えるんですか？　クレープシュゼットとか？」

「僕はフランス人じゃありませんよ。出身地はご想像にお任せします」

「普通に日本育ちの日本人っぽいですよね」

「日本人じゃないんだなー」

占い師は徐々に真鈴にバトンを預けようとしていた。話したいことがあるなら話してください、でも無理しないでね、と優しい声色で示している。

胡散臭いという気持ちは消えなかったが、真鈴は占い師を信じることにした。

「……好きな人がいた……いるんです。でもその人に付き合ってる人がいることを……知らなくて……しかも相手は私も知ってる人だったので、余計にショックで……そういう時どうしたらいいのかわからなくて混乱してます」

内心『あれ?』と真鈴は思った。あまりにも単純な悩みに思えたのである。そんなことよくあるじゃんと、自分で自分にツッコミをいれたくなるほどありふれたことである。

友達から相談されたとしたら「そうなんだ。つらかったね。でもよくある話だよ」としか言えない類《たぐい》の悩みに思えた。それを自分は、世界の終わりのように悲しみ、ショックを受けている。

真鈴は占い師に笑われる覚悟を決めたが、占い師は何も言わず、しばらくしてから「そうですか」と頷いた。それからまたしばらく黙り、庭園の花を眺めた後、呟くように告げた。

「それはアンラッキーでしたね。詐欺《さぎ》にあったような気分になりましたか?」

「…………いいえ。ただ、自分が馬鹿みたいだなって思いました」

「どうして？」

「……好きになる意味のない人を好きになっちゃったから」

本当にその通りだった。

中田正義は自分のことを好きにならない。何故ならパートナーが既に存在するから。何故なら恐らくは恋愛の対象外だから。

それだけのことだった。

暗い目をする真鈴の隣で、占い師はあっけらかんとした声をあげた。

「好きになる意味のない人なんているんでしょうか？　プリンセス、恋愛っていうのはつまるところ、自分自身の問題ですよ。そう思いませんか？」

「独り相撲《ずもう》を取ってるだけだって言いたいんですか」

「違います」

占い師ははっきりと言った。

真鈴が目を見開いていると、占い師は笑って、言葉を続けた。

「あなたは恋をしてる間、楽しくなかったですか？　あの人にこうしたら好きになってもらえるかな、こうしたらどうかなって、考えるとうきうきしませんでしたか？」

「今そんなこと言われたくないです。ガチでつらいので」

「すみません。もちろん今すぐに『まあでもよかったな』って思うのは難しいと思いますよ。先々になってみるといい思い出になるなんて訳知り顔で言うつもりもないです。でも、あなたはそれを経験した。そしてそれを全身全霊で感じ取ってる。それはすごいことですよ」

「…………ちょっとよくわからないんですけど」

「あなたが生きているのは、それだけですごいこと、って意味ですよ」

生きているだけですごいこと。

ついさっき、オクタヴィアが言っていたのと同じことだった。

そういえば母も昔そんなことを言っていたなと、真鈴はぼんやりと思い出した。その頃の母は、今考えると父と離婚したばかりで、毎朝鏡の前で「生きてるだけで百点満点！」と自分の顔を見ては宣言していた。可愛い言葉だな、と幼かった真鈴は思ったが、今考えると少し不気味な習慣でもあった。毎日毎日毎日自分の顔を見て「百点満点！」と言うのである。

そうでもしないとやっていられなかったのかもしれなかった。

荒《すさ》んだ目をする真鈴の隣で、占い師は言葉を続けた。

「好きになる意味のない相手なんかいません。誰かを好きになることが無意味だなんて思わない」

「…………叶わなくても？」

「叶わなくても。それはね、プリンセス、自分の中に根を下ろして、次に好きになった誰かをより幸せにしてあげるための苗木になってくれますよ」

「『次』なんていらないんですけど」

「もちろん今はそうでしょう。でも『未来がある』場合は、いろいろな可能性がありますからね。ほら、たとえば僕だって素敵でしょう」

「鬱陶しくて胡散臭くて若干不審です」

「ううっ、青少年の鋭い言葉が胸を突き刺す。でもいいですよ、その調子です。弱ったところに付け込んでくる男なんてキモいだけですからね。プリンセスの判断はテン・アウト・オブ・テン、十点満点です」

「あなた……占い師っていうか、執事さんみたい」

「おえー、執事にはちょっと嫌な思い出がある……でもまあ大抵の人は『執事さん』っていうと素敵な人を想像するでしょうから、褒め言葉として受け取っておきますよ」

「そこまで褒めてもないです」

「辛辣《しんらつ》ゥ！」

占い師はおどけた仕草で膝を叩いた。真鈴を楽しませようとしているところが、何となく執事ぽかったのだが、そこまでは言わないことにした。

執事っぽい占い師は、しっかりと真鈴のほうを見て口を開いた。

「生きていてください。そうするといろいろなことがあります。プリンセス、今はそれだけでいいですよ。そのうちまた、世界が楽しくなってきます」

「………」

悔しいことに、占い師は今の真鈴が欲しがっているものを全部くれた。

お礼を言ったほうがいいのか、でもお礼を言ったところでセールスが始まったらどうしよう、と真鈴が考えていると、公園の遠くで音楽が聞こえ始めた。ヴァイオリンの音のようで、奏でているのは三拍子だった。

「そうか、ここは大道芸がOKなんだっけ……」

「横浜はそういうところが多いですよね。賑やかでいいところだと思いますよ」

「自分の故郷をウエメセで評価されるのって何かムカつきますね。占い師さん」

真鈴はベンチから立ち上がり、占い師の前にすたんと立った。

そして手を差し伸べた。

「ダンス、踊れますか」

占い師は少し驚いたようだったが、したり顔で微笑んだ。

「僕のワルツのデビューはウィーンですよ、プリンセス。ご安心ください」

「やっぱうざ」

外していたスーツのボタンを留め直し、占い師は真鈴に華麗《かれい》に一礼した。やっぱりこの人はリチャードにちょっとだけ似ている、と真鈴は思ったが、彼とは違った。顔面の美貌の話ではなく。

雰囲気が、柔らかかった。

執事や貴族が存在するような、大きなダンスホールを想像しながら、真鈴は占い師と小さなダンスを踊った。占い師は神立屋敷のような広間がなくても、省スペースで地味に踊り、それでいて真鈴をぐいぐい振り回すようなことはしなかった。リードの力加減もダンスの先生のように絶妙である。この人本当にうまいんだな、と思った時、真鈴は気づいた。

笑っていた。

自分の口元が、少しだけ。

「……やっぱりダンスって、こうじゃないと」

「どういうことです？」

ヴァイオリンが二拍子のポップソングを奏で始めたので、真鈴はそっと占い師の腕をほどき、喋った。

「楽しくて、礼儀正しくて、ちょっと切ない感じ」

仮面舞踏会で習ったようにお辞儀すると、占い師もスーツの胸に手を当て一礼した。

そのダンスを、ハイヒールをはいた長身の人間が、遠くから眺めていた。


「蓄音機を彩る灰色の石、こちらが何なのかおわかりになりますか」

「リチャード」

「それほど頻繁《ひんぱん》に宝石商が扱う石ではございません。しかしラーヴァ、と言えばあなたはおわかりになるでしょう」

「リチャード」

「そう、こちらは火山の噴火と共に噴き出した溶岩が固まった、岩石の部類に入る石でございますね。ヴェスビオス火山のラーヴァ等が加工品としては有名ですので、この石もイタリア産である可能性が高い。まったくこの屋敷には、世界中のありとあらゆる宝物が詰まっている」

「リチャード、ちょっと聞いてくれ」

「しかし宝箱というものは、得てしてパンドラの箱にもなります。私はそれを開けてしまった」

神立屋敷の二階、中学生たちの手伝いに先んじて掃除され、通路が『開通』していたバルコニーは、横浜港を一望するスポットだった。内開きの扉を開けると、こもった屋敷の空気が冷たい外気と心地よく入れ替わる。

だがそこで繰り広げられている会話は、あまり心地よい類のものではなかった。

リチャードは隣に立つ正義を見て、静かに告げた。

「戯言《たわごと》として聞いていただきたいのですが、私はあなたの傍にいるべきではないかもしれません」

「いきなりすごい戯言が来たな」

正義が挑発するように茶化しても、リチャードは乗らず、静かに言葉を続けた。

「私の専属秘書をすると宣言した時、あなたは私にこう言ってくださった。『私のことを一番に考えてしまうから、それ以外の仕事をしている自分が想像できない』と。非常にありがたく、心尽くしに富んだオファーでした。しかし今になって、私はその恐ろしさが身に染みてきたところです」

「今回のこととは論点がずれてる気がするけど、最後まで聞くよ」

「私はあまりにも多くをあなたに期待し、望んでしまう。より直截《ちょくせつ》に言うと、あなたが私以外の誰かのことに多くの労力を注ぎこんでいると、あまり愉快ではいられなくなってしまう。おぞましいことです。嗤《わら》う気にもなれない」

「…………」

「失礼」

リチャードは取り乱した自分を恥じるように、正義に背を向け、バルコニーの汚れた手すりに摑《つか》まり、横浜の景色に正対した。港に入ってくる船が、ボーボーと汽笛《きてき》の音を立てる。

汽笛の反響が消えた後、正義はリチャードの隣に立ち、同じように港の風景を眺め、口を開いた。

「ごめん。専属秘書の仕事と、中学生の弟の保護者、どっちもきちんとやってるつもりでいたんだけど、『つもり』だったみたいだ」

「あなたが謝ることではありません」

「でもやっぱり、俺の責任だよ」

「……私は仕事の話がしたいわけではない」

「ごめん。わかってる」

「何故そう何度も謝罪するのです」

「俺が逃げてるから」

フェイントのような短い汽笛が鳴り、二人の会話を邪魔した。

音の余韻《よいん》が最後の一音すら消えた頃に、正義は言葉を重ねた。

「返事ができなかったんじゃなくて、返事から逃げたんだ」

「……いつの話をしているのです？」

「みのるくんの件の連絡をジェフリーさんからもらった時、二人でパリにいただろ」

しばらく二人で休暇を取りませんか、と。

提案したのはリチャードだった。

お前のことが大好きだから、もしかしたらこれから付き合ったりすることもあるかもな、という正義の呟きや、あなたと人生を共にすることが現実味を帯びてきました、というリチャードの言葉、一つ一つがいつの間にかうずたかく積み重なり、そろそろもう少し何か試してみようかという結論に、どちらからともなく達した結果だった。休暇を取りませんかとはつまり、上司と部下でもその他の何かでもなく、とにかく二人で一緒に過ごしませんかという申し出だった。面白そうだなあ、と正義も受けた。

どこで休暇を過ごそうかと二人であれこれ考えた結果、東京やイギリスの都市は外し、最終的にアムステルダムかパリの二択になり、アプリでくじを作った結果パリになった。

目的のある休暇ではない。

いきなり「さあ何かをしましょう」というわけでもない。

ただ、どちらかがどちらかの鞄《かばん》を持ったりスケジュールを管理したりするのではなく、やることもなく、のんびりと過ごすための時間だった。

いつもとは違う関係性を作ってみようという、言うなれば打診である。

一緒にナイトクラブに遊びに出かけたり、気鋭のシェフのディナーを楽しんだり、時々手を繋いで歩いたりしているうち、リチャードは正義に問いかけた。

仕事は仕事と分けるとして、私とこの関係を続けてみる気はありませんか？　と。

それが何を意味しているのか正義もある程度は理解した。

だが返事をする前に、ジェフリーから霧江《きりえ》みのるに関する情報が飛び込んできて、二人の休暇は繰り上げ終了となった。即日本に飛べたわけではなく、みのるの保護に必要になる根回しを行い、まとまった時間をとるための、仕事の片付けが必要だったのである。遊びの時間は終わった。

結果、回答はうやむやになっていた。

正義の顔をしばらく見つめた後、リチャードは微《かす》かに首を傾げた。

「やはり解せません。謝罪の必要などない。時をさかのぼれば、私たちの関係には教師と生徒のような側面もあったことでしょう。ですが今は違う。あなたは私と対等な一人の人間です。私にどのような回答をするのであれ、それを案じたり、過度に気に病んだりする必要はない」

「俺はお前の下僕《げぼく》をしてるつもりはないよ。何度も言うけど、俺がそうしたいからここにいる」

「その点は理解しているつもりです」

リチャードの語調は冷たくはなかったが、特に温かくもなかった。正義はしばらく目を閉じ、考えに浸った後、うっすらとした微笑みを浮かべてリチャードを見た。

「これは確認だけど、あの時パリで俺が『リチャード、俺の上司で友達で恋人にもなってほしい』って言ったら、なってくれた？」

「イエス、と答えるに吝《やぶさ》かではなかったかと」

他の何と答えると？　と詰問するようなきつい口調に、正義は少し苦笑した。リチャードが心外だという目をすると、正義はまた笑った。

今度の微笑みには、寂しさが満ちていた。

「………でも、その先は？」

「『その先』？」

水を向けてきたリチャードに、正義はほのかに苦しげな表情を滲《にじ》ませつつ、喋った。

「もし俺たちが恋人同士にもなったとして、その先は何が待ってると思う？　同性婚の法整備はゆっくりしか進まないし書面上の結婚はできないな、とかそういう話じゃないよ。恋愛の先には何があると思う？」

「広がりのある謎かけです。もう少し説明をしていただいても？」

正義は明朗な表情を作り、つまりだな、と言葉を継いだ。

「俺は………怖いんだよ」

「私の全てを受け止めることが？」

「そうじゃない。いや、まだ受け止めてない部分があるなら、ダイビングキャッチしたいほど受け止めたいとは思ってるよ。これは絶対の本音だ。でも、その………ああ、うぬぼれた言い方になるよ。許してくれるか？」

「どのようなことであっても」

リチャードが両腕を広げると、正義は息切れを起こしたように深く嘆息し、また深く息を吸った。そして顔を上げた。

「お前と会った時、俺は大学生だったよな。英語もろくに喋れなかった」

「無論記憶しております」

「専属秘書になるまでの間には就職活動と、いろいろ騒動があって、その間にも俺はまあまあ雑多なスキルを吸収したと思う。フランス語を習い始めたのもあの頃だろ。自転車の修理も自動車の整備もできるようになった」

「そのようです」

「それからは世界中を飛び回って、吸収できるだけの語学を身につけて、執事の学校に少し通って身のこなしを磨いたりして、空手の腕も磨いて昇段した。バリバリやれたな」

「存じ上げております」

「うん。それで、今は？　今の……いや、これからの俺は？」

正義はそこで言葉を打ち切った。

言わんとすることを受け取ったというように、リチャードは小さく頷いた。

「つまりあなたは、今後の自分自身に、過去の自分自身のような成長が見込めないであろうことを察知し、来たるべき未来におびえていると？」

「手加減しないで言うとそうなる」

「くだらない、と一笑に付すことは容易ですが、あなたの恐れにはもう少し別の側面も存在するようですね」

正義は頷いた。

「俺は…………お前と一緒にいる時に、どんどん成長する姿しか見せてない。たぶん俺の人生の一番いい時を、お前と一緒に過ごしたんだ。すごく楽しかった」

「何故過去形になるのです」

「…………………日夜新しい語学とスキルを手に入れる、完璧な美貌のリチャードさんには想像もできないかもしれないけどな」

正義はゆっくり、言葉を選ぶように時間をかけ。

言葉を唇に乗せた。

「俺……白髪が一本生えたんだよ」

リチャードは黙り込んだ。

正義も黙った。

二秒後、リチャードは噴き出した。

「っく、くくく……」

「あー……」

「し、失礼。白髪……それはそれは……しかし、そのような……ふっ、ふふふ……失礼。お詫《わ》び申し上げます。しかし、そのようなことで……ふふ、ははは……」

「真面目に考えると笑いごとじゃないんだぞ。俺は成長してるけど、これからの俺の成長は、つまり、『老化』ってことで……これまでと同じくらい見ていて楽しいかって言われると、正直自信がないし、多分そこまでは楽しくないと思うし」

リチャードはますます笑った。口元に手を当て、体をくの字に曲げていたが、最後には堪《こら》えきれなくなりしゃがみこんだ。

正義は困った顔をし、ため息をついた。

「頼むよリチャード。白髪のことはただの、その、メタファーみたいなものとして受け取ってほしいんだけどさ」

「理解しているつもりです。ははは……」

リチャードはそれからもしばらく笑い続けたが、おほんおほんと何度か咳払いをし、よろよろしながら立ち上がった。ハンカチで目元を拭い、乱れたスーツを整える。

「大変失礼いたしました。お話をまとめると、こうでしょうか？　あなたは私に、今以上の楽しみを提供できる自信がないと」

「うん。それと『恋愛』の概念についての俺の理解が、変に合致してる」

「概念。興味深い言葉です。ぜひお話を聞かせていただきましょう」

「恋愛の先って、どんな関係があると思う?」

リチャードは微かに首を傾げた。正義は再びバトンを受け取ったように喋り始めた。

「日本人はこういうことを『昭和っぽい』って言い方で形容することもあるけど、俺は恋愛の成就がゴールだとか、結婚できなかったら一人前じゃないとか、そういう風には全く思わないし、そんな考え方は乱暴だと思う。でも一つの、何て言うか、社会的な到達点みたいなものかもしれないと思うことはある」

「到達点」

「……そこから先に、どうやって進んだらいいのか、今以上にわからなくなるポイント、って言えばいいかな」

正義は惑星の軌道を描くように左右の人差し指をくるくると中空で回した。だがリチャードがそのジェスチャーに注目せず、正義のあまり芳《かんば》しくない表情を見つめているのみだと悟ると、苦笑した。

「……俺はお前とずっと一緒にいたいんだ。『まだまだこれから一緒にいると楽しいことがある』って思ってほしい。将来の夢に『中田正義の隣にいること』って書いてほしいくらいにはそう願ってる。でも、俺は卑怯《ひきょう》だから……恋愛したら、『もう先がない』ってお前に思われそうで、怖い」

　言葉の後には空白のような沈黙が残った。

　正義はそれ以上、何も言おうとしなかった。

　遠くからポポポ、ポポポ、という穏やかな汽笛の音が聞こえる中、リチャードは口を開いた。

「残念です。中田正義」

「…………」

「あなたはデザートのアイスクリームを先延ばしにしておくことで、子どもに言うことを聞かせようとする保護者のような真似をしてしまいました」

「……ごほうびのアイスはもう溶けちゃったよ、ってこと？」

「違う。お忘れでしょうか？　あなたが成長、あるいは老化しつつあるように、私もまた同じスピードで生きているのです。そして残り時間は無限ではない。あなたも、私も」

　正義は静かにリチャードの言葉を受け止めた。

　リチャードは静かな、力強いトーンで言葉を続けた。

「正義、どのみち命というものに『二回目』は、『先』はないのです。生まれてきた個体はいずれ生涯を全うして世を去ります。そのことを恐れるのは生き物として何らおかしなところのない感覚ですが、そこに私との関係性まで組み込もうとすることには無理があります。極論を言うなら、何もかも、始まれば終わりが来ます。永遠に続くものなどないのです」

「…………ダイヤモンドも？」

「ええ。ダイヤモンドも、永遠には輝きません。何故なら輝きとは、人の瞳の奥でこそまたたくものであるから」

世界一有名なダイヤモンドのキャッチフレーズを連想しつつ、正義はこわばった表情で微笑んだ。リチャードも微笑み返した。穏やかで、柔らかな顔で。

「であればこそ、私はあなたの傍にいたい。美しさという言葉が私ではなく他の誰か、何かを示すのに適した言葉になる日が訪れたとしても、その時あなたに私を『美しい』と言ってほしい。白髪や皺を持ったあなたの瞳にうつる私が、どんな姿をしているのか見てみたい」

「…………」

「いつの日かダイヤモンドが消し炭になったとしても、力強い炎を宿していた溶岩の流れが冷え固まり、脆《もろ》い灰色のラーヴァになったとしても、あなたはそれを慈《いつく》しむ。私にはその確信がある。何故なら私も、あなたというダイヤモンドの煌《きら》めきを、永久に瞳に留めておく自信があるから」

「………俺、すぐに、つまんない男になるかもしれないぞ」

「ご心配なく。あなたには既に一生分以上楽しませていただきました。ここから先はボーナスタイムです」

「……はは」

今度は正義が笑う番だった。はは、はは、と静かに笑った後、さっきまでのリチャードと同じようにうずくまり、ははははと笑い続ける。

震え始めた背中を、リチャードは優しく撫でた。

「正義。私があなたを好ましく思う理由は、私を絶えず慈しみ、楽しませてくれるからではない。あなたが目を見張るほどの速度で成長してゆく生き物であるから、好きというわけでもない。私はあなたが、あなたでいてくれることを愛している」

「…………」

「今までも、これからも」

「…………俺もだよ」

「知っています」

「……うん」

正義は大きなため息をつき、立ち上がった。もうどうしようもない、という諦めの唸り声には、喉《のど》に何かがからみついているような、微かな甘さがあり、リチャードがそれを感じ取った時、正義はズーとはなをすすった。

リチャードは涼しい顔で首を傾げた。

「どうかなさいましたか」

「いや、ちょっと目にゴミが入ってさ。気にしないでくれ。ああ……相変わらずきれいだな。世界で一番きれいで、時々泣きたくなる」

正義はリチャードとの距離を一歩詰め、頰《ほお》に触れた。

そして襟《えり》元に額を押しつけ、ため息をついた。

「きれいだ。お前って存在が太陽みたいに輝いて、俺の人生を照らしてくれてる気がする」

「そろそろソーラーパネルを設置するとよいでしょう。あなたが私にそう言ってくださるのは三度目か、四度目です」

「ごめん」

「謝ることでは。太陽はあなたに褒められると機嫌がよくなりますので」

リチャードは肩をすくめた。

顔を上げた正義は、少し困った顔で笑った。

「お前と同じ時間を生きられることが、俺は本当に嬉しい。見えない残り時間がどんどん減ってるとしても、俺はその時間をお前と一緒に使えることがすごく嬉しいし、幸せだよ。ただ幸せすぎて怖くて、時々逃げたくなる。でも……もう逃げ場があんまりないんだよな」

「そのようです」

正義はリチャードの頬から手を離し、一歩退《しりぞ》き、姿勢を正し、まっすぐに美しい顔を見た。

そして口を開いた。

「俺はお前の傍にいたい。これからもずっと傍にいたい。だから……傍にいてくれ。俺がボロくずになっても傍にいるって言ってくれ。嘘でいい」

「残念ながら、あなたにつくべき嘘の持ち合わせがありません」

二人はどちらからともなく互いの体に腕を回し、ハグを交わした。

きつく二秒ほど抱き合い、腕を離す。

うん、と頷いた正義は、再びリチャードの顔をまっすぐに見た。

「それはそれとして、志岐さんにはちゃんと謝ってくれ。俺も謝るから」

「無論です」

リチャードは深く嘆息し、右手で顔を覆った。

「私は何ということを……面目次第もない……」

「俺が悪かったんだよ。彼女の気持ちは何となくわかってたけど、そのうち飽きるんじゃないかと思って放っておいたのが悪かった。でも、何がどうなってあのタンゴになったんだ?」

「彼女に誘われて……あれは一種の決闘でしたが……踊っていれば何とかなるかと思っていましたが、思いのほか食らいつかれて、気づいた時には相手が中学生であることを忘れかけていました。愚かな……何と愚かなことを……」

ぶぶぶー、とリチャードの懐《ふところ》の中で何かが震えた。仕事用ではなく、私用に使っている携帯端末である。素早く取り出し確認し、リチャードはおやと呟いた。

「正義、奇妙なことが起こっているようです。ジェフからメッセージが……」

「ちょっと待った」

お揃いのように震え始めた端末を、正義も取り出し応答した。正義の通知は電話の着信だった。

「はいもしもし。中田です。開帆《かいはん》病院さんですか。霧江さんのことで何か……?」

病院からの連絡の内容に、正義は大きく目を見開いた。

途中で放り出されるような形で神立屋敷を後にしたみのると良太は、まず真鈴に連絡を取ろうと思ったが、電話もメッセージも全く通じないので諦め、次に真鈴の行きそうな場所を探した。だがどこにもいない。

一時間ほど探し回り、とりあえずどこかで休憩して作戦会議をしよう、そうしよう、という段取りになった頃、二人の端末に同時に連絡が入った。

真鈴である。

『私は大丈夫』

『心配しないで』

追加で送信されてきたのは、華やかなパンケーキ店のメニューだった。山盛りの生クリームに生フルーツのついたカロリーの塊のようなメニューである。真鈴らしくはなかったが、少なくとも元気な様子は伝わってきた。

良太は道の真ん中で昭和のコント番組のように尻もちをついて転げて、通行人に嫌な顔をされた。

「何だよお！　こっちはガチで心配して歩き回ってたのにさー！　パンケーキかよお！　みのる、あいつスーパー親友から外す？　もう外すか？」

「そんなことしたくないよ。よかった……」

みのるはため息をついた。真鈴がショックを受けていた理由を、みのるは良太に説明しなかったし、良太も尋《たず》ねようとはしなかった。そういうことは別に知らなくてもいいと思っているのかもしれなくて、みのるは良太のそういうところに、大人っぽく言うと『包容力』を感じた。

「…………」

あんなことから数時間で、真鈴がすぐ元気になるとは思えなかった。だがパンケーキがただの空元気《から》だったとしても、少なくとも元気っぽいポーズを取ることくらいはできている。

それだけでもみのるは、ざわざわしていた心が少し落ち着くのを感じた。

「あいつもさ、いろいろあると思うけど、あんまり考えすぎないでほしいよな」

「……うん、そうだね」

「誰もあいつの敵じゃないんだからさ」

はっとするような言葉だった。

良太は尻をはたいて舗装された地面から立ち上がると、大人ぶった顔で頷いた。

「あいつ、何だか知らないけどリチャードさんに喧嘩売ってたじゃん？　すごい怖い顔して。リチャードさんが真鈴に何したか知らないけど、たぶん誤解だと思うんだよな。俺そんなにリチャードさんのことよく知ってるわけじゃないけど、あの中田さんとすげー仲がいいわけじゃん？　そんな人が中学生の女の子にひどいことする？　そんなやつだったら中田さん絶交してんじゃね？　俺何か間違ったこと言ってる？」

「……たぶん、言ってないと思う」

「だろー？」

でもさ、と良太は言葉を続けた。でもさの後はなかなか続かなかったが、良太は決心したように喋った。

「仮にすげーいい人でも、時々心配しすぎたりすると変なこと言ったり、したりすることもあるじゃん。俺の姉ちゃんみたいに。でもみのるは俺の姉ちゃんのこと、けっこう許してくれてるだろ。俺とも絶交しないでくれてるし」

「……良太と絶交したら、学校に行くのが嫌になっちゃうよ」

「へへへ。いいこと言うじゃん。まあそれはともかく、お前のそういう『分けて考える』思考っていうの？　俺はそういうのが大人だなって思う」

「僕は……子どもだよ」

「んなことはわかってるよ、俺たち同い年なんだから。気持ちの話、気持ちの！」

「……ありがとう」

「いや別に感謝してほしいわけじゃねーけど、どうしてもって言うならポテトのLをおごらせてやってもいいよ」

「遠慮しとく」

「このお」

と、みのるはズボンの右ポケットの端末が震えていることに気づいた。着信である。発信者は『正義』。

「あっ」

みのるは慌《あわ》てて通話ボタンを押した。

「正義さん、みのるです。あの、真鈴は、パンケーキのお店に行ったみたいで、あっ、あの、これは嘘や冗談じゃなくて」

『うん。その件は知ってる。俺の知り合いの人と偶然ばったり会って、しばらく一緒にいるって報告を受けてるから』

大丈夫みたい、とみのるは良太に手でOKのサインをした。正義も真鈴を探し回ってバタバタしていたらどうしようと思っていた矢先である。みのるもほっとした。

しかし、だとしたら何故電話がかかってきたのか。

『みのるくん、突然なんだけど、少し話をしてもいい？』

「話？」

うん、と正義は告げた。

『ゆらさんの、お母さんの病院から連絡があったんだ。みのるくんさえよければ』

みのるは目を見開き、一も二もなく頷いた。

case. 4

再開のインコンパラブル

込んだ。

「……学校はどう？」

「楽しいよ。友達もいる」

そう、とお母さんは短く言った。そして再び、さっきまでと同じように、ずーっと黙り込んだ。

横浜《よこはま》市のオフィス街の一角に存在する、大きな総合病院の庭で、みのるは久しぶりにお母さんと会っていた。

正義《せいぎ》からの電話は「ゆらさんがみのるくんに会いたいと言っている」という状況連絡で、その翌日、みのるは病院に向かった。

三十分ほど待たされた後、見たことのないパジャマとカーディガンを着たお母さんがやってきて、ちょっと引きつった笑顔でみのるに挨拶《あいさつ》をした。

遠くから看護師さんが見守る中、二人は中庭のベンチで話をした。話というより、どちらかというとお母さんの呟《つぶや》きを聞き取るだけで、みのるが何か言っても聞こえていないような雰囲気ではあったが、みのるにはそれで十分だった。

お母さんがいる。自分の隣にお母さんの温度がある。

それだけで十分だった。

お母さんはぽつりぽつりと喋《しゃべ》った。

「家に……戻りたいとは思ってる」

「うん」

「でも、今すぐは…………無理」

「うん」

「病院では……よくしてもらってる」

「うん」

「私……なんだか、疲れてたみたいで……」

「うん、そうなんだね」

「『ゆっくり休んでください』って、先生に……言われた」

「うん、うん」

「だから今……休んでる……」

　みのるは頷《うなず》きながらお母さんの話を聞いた。病院に行って、しばらく会えないと言われた時、みのるはお母さんがいっぱい点滴や医療器具のチューブに繋《つな》がれているところを想像し、身も凍るような思いを味わったが、今のお母さんは元気とは言えないまでも歩いている。パジャマ姿だが二本の足で立ってもいる。そしてみのるを見てくれている。

　なんてありがたいんだろう——と、みのるはこの世界にはいない誰かに静かに感謝した。

みのるがお母さんを見ていると、お母さんはみのるをじいっと見て、不意に言った。

「あんた……将来どうするの？」

「え？」

「将来……だから、中学校、卒業したら……」

たぶん高校に行く、とみのるは告げた。お母さんは短く「そう」と返事をした。いつものようにお金の心配はしないんだなと、みのるは少し不思議な気分になったが、入院している間にお母さんにも心境の変化があったのかもしれなかった。

お母さんはしばらく、言葉を咀嚼《そしやく》するような時間をとったあと、また言った。

「その後は？」

「……その後？」

「あんた……何になるの？　たとえば、警察官とか、お医者さんとか……」

「ああ」

お母さんはみのるの将来の職業を心配しているようだった。

「全然考えてない」

「……考えたほうがいいよ」

「うん、そうだね」

「………私、昔は、ファッションデザイナーになりたかった」

みのるは目をぱちくりさせた。ファッションデザイナー。どういう仕事なのか具体的には思い浮かばなかったが、華やかな響きである。ファッションというからには服をデザインする仕事なのだと思った。たとえば真鈴《まりん》が着るような。

「別に……そんなに本気でなりたかったわけじゃないけど……でもあんたなら、なれるでしょ」

「ファッションデザイナー？」

「じゃなくて……『自分のなりたいもの』」

今ここでそんな話をするの？　とみのるは言いたくなった。みのるの将来の夢の話など、中学校のホームルームの時間にちまちまとプリントに記入させられては提出する程度のよくある話である。今大切なのはお母さんと過ごす時間や、お母さんの病状や、お母さんの今後のことだった。

だがお母さんは、どうやら決心をして、その言葉を発したようだった。最初から震えがちだった手がもっと震えるようになってきていて、上半身もふらふらし始めていたが、それでもベンチを離れようとしない。

お母さんはどうしても、この話だけはしたいようだった。

みのるは慌《あわ》てつつ、口を開いた。

「考える。その、ちゃんと考えてるよ。まだ決めてないけど、やりたいことは本当に、考えてる。大丈夫」

「…………そう」

それだけ言うとお母さんは振り向き、後ろのほうで控えていた看護師さんを呼んだ。そろそろ戻りますという意味のようだった。お母さんは看護師さんに抱きかかえられるようにして歩いていったが、その途中でふと、微笑《ほほえ》んで呟いた。

「やっぱり、外って、気持ちがいいわ」

お母さんは笑っていたが、みのるのことを考えて笑っていたのではないようだった。

取り残されたみのるは、去っていったお母さんの残像を眺めるように同じ場所を見つめながら、ぼんやりと考えた。

お母さんの様子は、家にいた頃よりも少し悪そうに見えた。

でも正義の「落ち着いてきている」という言葉を信じるならば、以前はもっとひどかったのかもしれない。つまりお母さんは、病院に入った後にぐんと具合が悪くなって、その後回復してきたようだった。

あるいは家にいる時はすごく我慢をしていて、それが病院でドバッと溢《あふ》れ出した。

そっちのほうがありそうな話だなとみのるは思った。今考えると信じられないほど散らかっていた部屋の真ん中で、お母さんは平気で床に寝転がっていた。でも今は、汚れた床ではなく病院の清潔なベッドで寝起きしているお母さんは、その時より大分調子がよくなっているという。

ならよかった、とみのるは思うことにした。

そして考えている途中に、ふと気づいた。

お母さんは元気になってきている。少なくとも話すことはちゃんとできているし、ごはんも食べている。意識がなかったということはない。それでも、正義の言っていた面会が延びに延びた理由は何だったのか。

もしかしたら。

お母さんは今日になるまで、みのるに会いたくなかったのかもしれなかった。

「…………」

だから何だ、とみのるは考えた。頭の中にパソコンの文字で打ち込まれた『だから何だ』という文字が浮かび上がってくるのを想像した。

お母さんがみのるに会いたくなかったからといって、だから何だというのだ、と。

お母さんが元気でいてくれて、みのるの将来を心配している。何より生きていてくれる。

退院の「た」の字も出なかったとしても、それが何なのか。

これで十分じゃないか、とみのるは頷いた。

そして正義の待つ病院の出入り口へと急いだ。


お母さんとの面会のために、授業が終わった後すぐに正義の車で病院に向かったみのるは、良太《りょうた》からメッセージが入っていることに気づいた。『だいじょぶかー?』といういつものノリのメッセージの後ろに、珍しく長文が続いている。姉の秋穂《あきほ》のことだった。

『姉ちゃんが謝りたいんだって』

『会いたいらしいけどめんどくね? 何回もお前呼び出すのも違う気がする』

『みのるさえよければだけど呼び出してくれたら姉ちゃん派遣するから』

『ちなみに手土産《みやげ》の菓子買ってたから会うとお得かも』

『よろ』

みのるは目をしぱしぱさせた。秋穂が何を考えてああいうことを言ったのか、正直なところまだよくわかってはいなかったが、今度はそれを謝りたいという。ちょっといろいろ面倒な人だなと思ったが、わざわざ会いに来て謝ってくれるというのなら、会ってもいいような気はした。また変なことを言われたら嫌だったが、お菓子は魅力的である。

「みのるくん、どうかした？」

「あ……あの……」

みのるは迷った。この話を、蒸し返すような形で正義に打ち明けてもいいのか、正義を傷つけはしないか、そもそも神立屋敷《かんだちやしき》で言うべきではないことを言ってしまった件を謝ったほうがいいのではないか等、いろいろな気持ちが交錯《こうさく》した。

しかし一番大きな気持ちは、自分も正義に謝らなければならないのではないかという思いだった。みのるは決断し、実行した。

できるだけ手短に、みのるは正義に何があったのかを説明した。神立屋敷で相談した件について、秋穂が今になって謝りたいと言ってきたこと。正義は何も言わず、最初から最後まで静かにみのるの話を聞いた後、深く頷いた。

「そうだったんだね。それで今日は、良太くんのお姉さんが来てくれるの？」

「……はい。謝りたいって」

「そっか」

その時俺も隣にいていいかな？　と言われることをみのるは覚悟した。

だが正義はそうは言わなかった。かわりに微笑みながら喋った。

「それじゃあ、みのるくんの都合のいいところで降ろすよ。良太くんに電話したら？　特に急ぐ必要はないけど、どこにでも連れて行くから」

わかりましたと頷き、みのるは急いで良太にメッセージをした。『どこがいい？』『だからそれをお前が決めろって言ってんじゃん？』。みのるは考え、考え、結局前と同じファストフード店を指定した。その旨《むね》を正義にも伝えた。

前回同様、高校生のお姉さんと向き合うことを考え、みのるの中には緊張が走ったが、今回は何を言われるのかわかっている分、多少は気が楽だった。

もしかしたら秋穂も緊張しているのかな、と思った時。

「俺がこんなこと質問するのは卑怯《ひきょう》かもしれないけど、みのるくんはどう思う？」

正義が口を開いた。

みのるはちょっと考えてから、質問を返した。

「……何をですか？『きれい』って、言ってることについてですか？」

「うん」

みのるは正義の顔をちらっと見た。運転中の正義はもちろん前方だけを見ていたが、顔立ちは少し、緊張しているように見えた。

正義もこんな顔をすることがあるんだと思いながら、みのるは一度つばを飲み込み、思っていたことを言葉にした。

「……僕は……さっき、お母さんに会えて、すごく嬉《うれ》しかったです。お母さんは……そんなに元気そうじゃなかったし、パジャマでしたけど、でも会えた時、すごく嬉しくて、世界で一番きれいなんじゃないかって思いました。キラキラして見えました。だから、あの、きれいとか、きれいじゃないとかって、そんなに……簡単な話じゃないんじゃないかなって、思います……うまくまとまらないんですけど」

変じゃないと思います、と。

その言葉だけは、みのるははっきりと言い切った。

こわばっていた正義の顔が、ほんの少し緩んだのを、みのるは確かに見た。

「そっか」

「はい」

「確かに、『きれい』も『変』も、人の心に関わる話だから……そんなに簡単じゃないよね。やっぱりみのるくんはすごいな。俺、中学の時、そんなことすら話せなかったよ」

「ぜ、絶対そんなことないと思います……！」

みのるが慌てると、正義は快活な笑みを浮かべ、そうかなあととぼけてみせた。車は横浜の街を走り続けた。

正義はいつものように笑って、みのるを見送ってくれた。

そして辿《たど》り着いたファストフード店で。

「みのるくん、ごめんなさい。私、ひどいことを言いました」

秋穂は敬語で、しかも起立していた。ファストフード店のテーブルに額がついてしまいそうなほど深くお辞儀をする。みのるもあわあわと頭を下げ返すと、秋穂側に腰掛けている良太がちょっと笑った。

「『ひどいことを言いました』って何だよ。そもそも姉ちゃんがそんなガチガチになってんの、ちょっとおもろい」

「良太……」

みのるが窘《たしな》めると、良太はふざけた顔を作って詫《わ》びた。だが秋穂はその全てにノーリアクションで、腰掛けた後もみのるだけを見つめていた。

「あの……今回のことを、私、高校の先生に相談したんだけど……もちろんみのるくんの名前や、特定につながりそうな情報は出してないよ。ともかく話したんだけど……そうしたら、いつもすごく私に優しくしてくれる先生が厳しい声で『赤木《あかぎ》さん、それは間違ってるかもしれない』って言って……」

みのるは少し不思議な気持ちがした。高校生の、しかも学級委員をしているような人も、しどろもどろになるようだった。高校一年生というのはみのるにしてみると三つ年上のとても大きな人に思えたが、それでも難しいことはたくさんあるらしい。

秋穂はしばらく考えてから、首を左右に振った。

「今のも違いますね。誰かに違うと言われたから、謝ろうと思ったわけじゃないです。あの……私、男の人が二人で暮らしてるのが変だと思ったわけじゃなくて、ただ……何て言うか……そういう環境にみのるくんがいることが、みのるくんにとって悪いことになるような気がして……あぁ、謝りに来たのにまた同じことを言ってる。でもそれはただの『気がする』程度の、『私の不安』だったんです。みのるくんはそんなことを思ってないかもしれないのに、『きっとみのるくんも不安だろう』と思って、何か力になれないかと思って、この前あんなことを言ったんです。でも、ちゃんと考えてみたら、私のほうがずっと『変』だったかもって思ったんです。もし誰かに『あんたのうちのお父さんとお母さんは変だから、行政に相談したほうがいいよ』なんて言われたら、は？　だし。そもそも失礼だし。あんた何様って思うし…………ううん、違う、違う」

秋穂は最後に、全然違う声のトーンになり、違う、と繰り返した。良太とみのるは戸惑った。

秋穂は俯《うつむ》いた後、まっすぐみのるの顔を見て口を開いた。

「『思う』って便利な言葉ですね。それって感想文で済むから、何を言っても許してもらえそうだし、逃げられそう。でも私は……今、許してもらおうって思ってません。そういうことじゃなくて……『自分は間違ったことを言いました。それは違うことでした』って、みのるくんに言いたいの。それは私が『思った』結果じゃなくて、先生にアドバイスしてもらったりして『考えた』結果なの。それを……わざわざみのるくんを呼び出して、聴いてもらってる。最後にもう一回言います。本当に申し訳ありませんでした」

秋穂はもう一度、深々と頭を下げた。

みのるはもう秋穂に言いたいことがなかった。あの時つらかったみのるの気持ちを、秋穂がかなり理解してくれていることがわかったからである。泣きそうなほど反省している良太のお姉さんを、これ以上責めたり苦しめたりしたくなかった。しかし秋穂は黙っている。

みのるは少し考えた末、明るい調子で口を開いた。

「うちは……今、お父さんとお母さん、両方ともいませんけど、リチャードさんと正義さんがいてくれるので、すごく居心地がいいです。僕は困ってること、ありません。もちろんお母さんがいないと寂しいことはありますけど……お母さんも病院で頑張ってるので……」

うん、うん、と頷きながら秋穂は話を聞いてくれた。そして途中で何故《なぜ》か涙ぐみ、ううーっと呻《うめ》きながら自分のハンカチで目元を拭《ぬぐ》っていた。そのたび良太がうひゃひゃと笑うので、みのるはだんだん秋穂が可哀《かわい》そうになってきた。

「良太、家でもそんな風にお姉さんのこと笑ってるの……」

「逆、逆。姉ちゃんいつも俺に『もっと勉強しなさい』とか『もっとまじめにやりなさい』とか、そんなことばっか言ってんのに、今はめそめそしてんのが超面白いってだけ」

「弟、家に帰ったらお前が数学の宿題隠してることお母さんに言うから」

「ゲエーッ姉ちゃんいきなりいつものモードに戻るなよ」

「……秋穂さん、良太のことを『弟』って呼ぶんですか。面白いですね」

「そ、そうかな？」

「俺も時々『姉』って呼んでるよ」

「へえー！」

良太が買ってきたポテトをつまみながら、三人はそれぞれの家でのことを喋った。兄姉良太の三人構成の良太は、家の中では一番立場が弱いこと。よく喋る両親に一番似ているのは良太で、次に秋穂、最後に兄であること。秋穂は昔ガキ大将タイプで、良太と兄を従えていけすかない男子に喧嘩《けんか》を売りに行っていたこと。

「とにかくうちはみんな元気なんだよ。元気だけは売るほどある」

「弟ッ。デリカシーがない」

「あっ。ごめんな、みのる」

「ううん。それ、すごくいいよ。すごくいいことだと思う」

「お前のお母さんも、すぐ元気になるといいな」

「すぐは難しいかもしれないけど、だんだん元気になると思うよ」

「また一緒に住めるようになるといいね。でもその時には、中田《なかた》さんたちはどうするの?」

「……え?」

みのるは戸惑った。

そういえば、お母さんが戻ってきたら。

正義たちとの生活は、どうなるのだろう。

みのるはお母さんと自分が、正義とリチャードと一緒に生活しているところを想像しようとしたが、うまくいかなかった。もしお母さんが戻ってきたら、また児童相談所の人に様子を見に来てもらいつつ、二人で暮らし始めるような気がする。それは来年でも、もしかしたら再来年でもない可能性もあったが、いつかは有り得る未来である。

その時リチャードと正義はどこにいるのか?

賑やかに話を続ける良太と秋穂の間で、みのるは自分が、一人だけ時空のはざまに挟まれて、動けなくなったような気がした。


「キムさん？　キムさーん？」

「どうしました、正義」

かくれんぼでもしているように、正義はヨアキムの名前を呼んでいた。マンションに帰宅したリチャードに、正義は厳しい表情をした。

「キムさんと連絡が取れない。置き手紙があった」

「……まさかとは思いますが」

「変なことは考えてないと思うよ。ただ『お世話になりました。次の場所に行きます』って」

正義はヨアキムの書き置きをリチャードに手渡した。飾り気のないメモ用紙に、署名と共に残された文章の最後は、日本風の顔文字で結ばれていた。ぺろりと舌を出しウインクする笑顔。リチャードはやや脱力した。

「……ここはホテルか何かだと思われていたのでしょうか」

「キムさんなりの気遣いだよ。『心配するな』って」

でも、と正義は言い淀《よど》んだ。みのるもヨアキムもいないマンションはやけに静かだった。

「結局、何で仲たがいをしたのかは教えてもらえないままだったな」

「別段彼らは仲たがいをしたわけではないのでは？」

「？」

「あなたの考えていたことと類似しているように思われます」

正義がリチャードに向き直ると、リチャードもまた、淡く灰色がかった青い瞳で正義を見つめた。

「結局のところ、物理的な距離を取ろうと、精神的な距離を置こうと、誰しも『自分自身』からは逃げられないのです」


「別にわかりやすいきっかけがあったわけじゃないよ。ただ、いろいろなことが積もり積もって、スクラップブック百冊分くらいになっちゃったから、それでもう、耐えられないかもって思っただけ」

山手《やまて》名物の洋館の一つ、ベーリック・ホールと呼ばれる英国貿易商の館は、五分ほど前まで降り続いていた小雨《こさめ》のせいか、人の気配がほとんどなかった。

丁寧に補修され、ワックスがけを施されたホールには、二十世紀初頭にこの屋敷に暮らしていた人々の姿をよみがえらせるように、ダイニングテーブルやソファが飾られている。ヨアキムはその間をゆっくりと歩きながら喋った。

「私の人生の基調色は、誰が何と言おうと黒。彩度のない黒だよ。石の裏側に隠れて住んでる気持ち悪い虫みたいに、人の目につかないところでコソコソ生きてるのが信条だったの。そうすれば誰も……誰一人として、とは言えないけれど、そんなにたくさんの人の目につくことはないし、誰かに傷つけられたり傷つけたりすることも減る。そう思って、『明るいところには出ない』って決め事を実行、そういう人生を生きてきた」

ヨアキムは歩き続け、赤い絨毯《じゅうたん》の敷かれた階段をのぼった。一階の床に施された黒白のタイル模様がよく見える踊り場で止まり、床を見下ろす。

「でも最近、それが一変しちゃってね。『プリティ・ウーマン』って映画が昔あったでしょ？　あれを地で行く話になっちゃったのよ。もっとわかりやすく言うとシンデレラ。まあ私は映画や童話に出てくるような可愛《かわい》い女でも男でもないんだけど」

ため息をつき、ヨアキムは再び歩き始めた。音もなく赤い絨毯に足が沈む。

「ああいうフィクションを見るたびに、こういう感想を言う友達がいたっけ。『どうしてあんなに何でも持ってる男が、どこにでもいるような女に惚《ほ》れるの？　意味わかんなくない？』って。まあそれはそうよ。理解できる感想。でも逆に考えてみたら？　って私は言った記憶がある。別に運命の相手は、特別な相手じゃなくていい。いつかどこかの街角でぶつかる誰かレベルの存在でいい。あの映画や童話は、そういう意味での『運命の人』との出会いを描いてるだけで、別にヒロインが特別だからうまくいったってタイプの話じゃないよって。つまり運。そういう意味での運命。私たちに運がないのと同じように、他の誰かには運がある。それだけの話」

どう？　と言わんばかりにヨアキムが腕を広げると、はは、という笑い声が小さく洋館に響いた。ヨアキムは特に何も答えず、ただ薄い微笑みを唇に乗せた。

「だから私、自分に運があるのは全然、慣れてないの」

今度は笑い声は起きなかった。

ヨアキムは歩き、踊り場から二階までの階段をのぼりきると、また口を開いた。

「……舞い上がっていられたうちはよかったのよ。家族に紹介してもらえた時もよかった。私にもこの人のためにできることがあるんだって、心から思えた。でも人の心って移り気なのよねえ。私そこまでガッツがあるわけじゃないの。だんだん疲れてきちゃった。自分がパパラッチに追い回される価値のある存在になるなんて思ったこともなかったし、安っぽい新聞の一面に自分の顔が載るなんて想像したこともなかった。でも一番予想外だったのは、それでも私のことを好きだって言ってくれる人が存在する世界があるってこと」

「それって何か問題がある？」

「あるのよ、ダーリン。あるの」

ヨアキムは二階の階段の手すりに軽く摑《つか》まり、吹き抜け構造になっている一階を見下ろした。

金茶色の髪をしたスーツ姿の男は、両手をパンツのポケットに突っ込んで、ただヨアキムのことを見上げていた。ヨアキムは微笑んだ。

「あなた、私に何か言いたいことがあるんでしょ」

「まあね」

「かなり前から準備していたやつ」

「うん」

「申し訳ないんだけど、私はそれを受け取りたくない」

「まだ言いだしてもいないんだけど？」

「何となくわかる。戻れなくなるから無理」

「そんなポイントはもうずっと前に越えてると思うよ、僕たち」

「あなたにとってはそうかもしれないけど、私には別にそうじゃないの」

「ふーん。あ、これは昔雇ってた相手の口ぐせね」

「……こういうこと言われると堪《こた》えない？　あなたは自分のことを『幾らでも冷酷《れいこく》になれる男』なんて言ってたけど、一度懐《ふところ》に入れた相手にはすごく甘いし、過保護になる。そういう相手に内側から胸を引っ掻《か》かれるのは痛いんじゃないの」

「痛くないよ。ちょっと気持ちいいくらい」

「マゾヒストタイプだったっけ？」

「お好みで変化しまーす。もう諦《あきら》めてよ。ストーカーみたいな男と深く付き合っちゃったそっちが悪い。それこそ運がなかった」

「冗談」

ヨアキムは吐き捨てるように告げたが、相手は何も答えなかった。沈黙の後、自分自身にしびれをきらしたようにヨアキムは口火を切った。

「私は、私はね、自分が生きてることを『いいこと』だなんて思いたくないの。私が生まれてこなければ、きっともっと幸せだった人がいるのよ。少なくとも五人はそういう人の顔が浮かぶ。でもあなたといると、『もしかしていいこともあったのかも？』って思いそうになる。自分のそういうところが、私は堪《たま》らなく嫌なの。今更何をしたって、私がボロボロにしてきた相手に対して、過去にさかのぼって贖罪《しょくざい》ができるわけじゃないのに、自分だけのうのうと暮らすことを肯定するなんて、気持ちが悪くて吐き気がする。これは自罰的な感情なんかじゃなくてね、理性的に考えて導き出した結論」

　陛下の男は何も言わず、じっとヨアキムを見上げていた。

　眼差《まなざ》しに促《うなが》されるように、ヨアキムは再び口を開いた。

「……でも、できることなら、あなたの傍《そば》にいて、あなたが魘《うな》されてる夜に起こしてあげたいとも思う。あなたも私と同じ傷を持ってることを知ってるから。そういう生き方がしたいとも思う。それも本当の気持ち」

「ありがとう。じゃあやっぱり、僕の結論は変わらないな。あと、そういう気持ちを打ち明けてくれることが嬉しいよ」

「…………」

　黙り込んだヨアキムに、ジェフリーは少し得意げな顔で微笑みかけた。

「意図してのことかどうかはわからないけど、君、初めて会った頃は、ずっと僕に幼稚園の先生みたいに接してくれてたんだよ。あの時の僕は本当にボロボロで、自分でも気づかないうちに消耗《しょうもう》してたから、それを君が察知して、ヨシヨシってあやしてくれてたんだと思う。でも幼稚園の先生と幼児は恋愛しないよ。『できます』って言う大人がいたら逃げたほうがいい。よね？」

「ん、そこは同意」

「ありがとう。そんなわけで僕はかなり回復させてもらって、まあその後も軽くボコボコにされたりなんなりして落ち込んでたけど、君のおかげで持ち直してきて今に至る。ヘンリーに任せていた仕事も、三分の二くらいは取り戻したし、今後はもっとやれるぞって希望にも満ち溢れてる。君もそれはわかってると思うけど、どう？」

「その認識で間違ってない」

「どうもね。だから今度は僕の番なんだよ」

　ヨアキムは黙った。

　ジェフリー・クレアモントは微笑みを浮かべ、腕を広げて二階を見上げた。

「弱気なことを考えたくなったんだよね？　それを僕に見せたくなくて逃げた。いいよ、どんどん逃げてよ。僕にひどいことを言いたくなったりした？　オーケーオーケー、好きなだけ言ってよ。だってそれは君が僕のことを『あ、この人そのくらいなら受け止めてくれるかも』って思い始めてくれた証拠でしょ？　僕はもう君にヨシヨシされるだけの存在じゃないよ。君のことも守ったりできる」

「そんなのは前からそうだったでしょ。私とあなたでは」

「メンタル面の話。地位とか財力とかじゃなくて。君はずっと僕を守ってた。おかげで僕は、文字通り命拾いした」

ヨアキムは言い返さなかった。

ジェフリーは微笑みながら言葉を続けた。

「うちの家系にはどうも、自分とは違うルーツの人に助けられる運命があるみたいなんだよね。リチャードにとっての中田くん然《しか》り、兄にとっての晴良《はるよし》くん然り、祖父にとってのレアおばあちゃん然り。だから僕の運命のパートナーや親友も日系やスリランカ系の人なのかな？　って思ってたけど、そうじゃなかったな。まあ三人揃《そろ》って日本人だったとしたら、智恵子《ちえこ》の影響が偉大すぎるから、そこはちょうどよかったのかもしれないけど」

「私の血、だいぶさかのぼるとパキスタン系も入ってるらしいよ」

「中央アジアかあ、いいところだね。ああ失礼。世界を好きに切り分けたイギリス貴族の末裔《まつえい》がこんなことを言うのは不躾《ぶしつけ》だ」

ジェフリーは芝居がかった仕草で首を傾《かし》げ、再びヨアキムを見上げた。

「僕は完璧な人間じゃない。どっちかっていうと悪辣《あくらつ》で卑怯で、誰かと真心を通わせたりするのは苦手なほうだ。でも君はそんな人間を助けちゃった。夜の海で溺《おぼ》れてる王子さまを助けてくれた人魚姫みたいに、僕のライフセーバーになってくれたんだよ。その時君はガッチリ罠《わな》にかかっちゃったんだな。一度くらいついたら放さないイギリス製のトラバサミに。だからもう諦めてほしい。このトラバサミはけっこう居心地がいいおうちにもなったりするし、時々はモーニングティーのサービスなんかもする」

赤絨毯を踏みしめ、二人目の人間が階段をのぼった。足音は一組だけだった。ヨアキムは階段を見下ろす場所を離れようとしない。もともと小さな階段が一つしかない家なので、逃げ場がないのである。だが屋敷の奥に進むことはできる。

それでもヨアキムは、そこに立ったまま、まっすぐに目の前の人物を見つめていた。

ジェフリーは微笑んだ。

「今度は君に甘えてほしいな。幼稚園の先生の経験はないけど、お兄ちゃん属性はあると思うから、好きなだけ甘えてほしい。君の気が済むまででろっでろに甘やかして、元に戻れなくなるまでとろけさせてあげる。そのくらいはさせてよ。少なくともあと五、六十年は」

「…………スパンが長い」

「そんなの。大英帝国の栄光と略奪の歴史に比べたら一瞬だ」

「あなたって本当に自分の国が嫌いなのねえ」

「お国自慢をするイギリス人なんかイギリス人じゃないよ」

ヨアキムは笑った。仕方ない、とでも言わんばかりの、どこか悲哀が滲《にじ》む笑みだった。

ジェフリーは残りの階段を、二階に到達する一段前までのぼりきると、そこに膝《ひざ》をついた。ギギイー、という鈍い音が響き渡る。

そして懐から宝石箱を取り出し、ヨアキムの前で開いてみせた。

「……宝石」

「指輪だよ。返事はまだしてくれなくていい。でもこれは預かってくれないかな？」

箱の中のクッションに鎮座する指輪には、蒸留酒のような金色の石がセッティングされていた。カナリアイエローの石は、しかし光を反射すると七色に煌《きら》めく。

ダイヤモンドであった。

それもとびきり大きな。

指につけたら骨が折れそうなサイズの石に、ヨアキムは再び呆《あき》れ混じりに微笑んだ。

「ゴルフボールくらいあるけど、本物の宝石なんだよね？」

「多分そうだと思うけど、違うかもしれないから噛《か》んでみる？　すごく大きな口を開いたら噛めるかも」

「金のコインじゃないんだから。いいから立って。そんなところに跪《ひざまず》いてると後ろに倒れそうで怖い」

「じゃあ可及的速やかにお返事が欲しいなあ」

どんな返事でもいいよ、と。

ジェフリーが笑うと、ヨアキムは顔を背けた。

「……申し訳ないけど、返事ができない。私、今までの人生で経験したことのない嵐の中にいて、自分で自分のことがわからないの。何をするかもわからないよ。いきなり日本に逃げたんだから、次はスリランカかも」

「どこにでも逃げなよ。どこまでも追いかけるから。もちろん安全にだけは注意してほしいけど」

「とりあえず立って」

「はいはい」

膝をはたいて立ち上がったジェフリーは、今度こそヨアキムと同じ二階の床に立った。ヨアキムは一歩退《しりぞ》き、ジェフリーに触れるのを躊躇《ためら》った。

「大丈夫？」

パートナーが尋《たず》ねる声に、ヨアキムは顔を伏せたまま喋った。

「あなたは…………あんなに、あんなにひどいことをSNSや新聞や雑誌にいっぱい書かれたのに、まだ私と一緒にいるほうがいいって、本当に思ってくれるの？　それってただの意地じゃないの？　心から五、六十年後の自分のことを考えてる？」

「考えてるよ。なんならお墓のことまで考えてる。その上で、君のことを放すなんてありえないって確信がある」

ヨアキムは俯《うつむ》いたまま顔を上げなかった。そうだなあ、と首を傾げ、ジェフリーは再び喋り始めた。

「君は、このダイヤの名前を知ってる？　今の形にリカットされる前の名前だけど」

「……ダイヤの『名前』？」

「うん。世界には幾つか名前を授けられたダイヤモンドがあるんだ。たとえば、もう分割されちゃったけれど英国王室の至宝カリナン。有名どころでは不幸を呼ぶホープ・ダイヤとか。このダイヤモンドは」

「ちょっと待って。あなたそんなものを家から持ち出してきたの」

「家っていうか会社だけど、それって何か問題がある？　文房具店で封筒を買うのと同じに、お金を出して買って、保管してもらっている我が家の持ち物だよ。兄の許可も取った。それで、このダイヤモンドの名前はね」

インコンパラブル。

ジェフリーはそう発音した。

ヨアキムが目をしばたたかせると、ダイヤモンドを差し出す男は笑った。

「意味は『比較できない』『比肩《ひけん》するもののない』。人間さ、誰かを好きになると、そういうことがよくわかるようになるよ。君のかわりなんか世界のどこにもいないんだ。いないんだよ、キム」

「…………」

「雑音はただの雑音。それで大切なことを見失うなんて愚《おろ》かだよ」

「……」

「あー、メロドラマっぽい台詞《せりふ》は得意だから、あと千個くらい言えるけど、もっと試す？」

「……しばらくはいい」

「オーケー」

ジェフリーはヨアキムに抱きつこうとし、あっと気づいたような顔をして、上目遣いにご機嫌うかがいをした。ヨアキムは脱力したように笑い、自分からパートナーを抱き寄せた。

「あなたを嫌いになったから逃げたって言いたかった。でもできなかった。あーあ、ヨアキムさんも焼きが回っちゃったね」

「幾らでも言えばいいよ。『ふーん、でも僕は愛してるよ！』で解決だ」

「わかってないね。あなたにそんな言葉を聞かせたくないのよ」

「でも大してダメージは受けないよ？」

「あなたと一緒に暮らす間に、他人をサンドバッグ扱いしてヘラヘラしてるやつらを見過ぎたの。これ以上同類の真似をしたくない」

「……やっぱり僕は君が好きだなあ」

ジェフリーが柔らかく微笑むと、ヨアキムは対照的にへにょんと口を折り曲げた。

「うんと浪費をして『金目当てだったんだな』ってうんざりさせるプランもあったけど、あなたの従弟《いとこ》に『幾ら使ってもカードの限度額が来ないと思いますよ』って忠告されてやめた」

「試してみなよ。大体何とかなるよ」

「適当なノリでおぞましいことを言わないで」

ヨアキムがため息をついて歩き始めると、隣のジェフリーも続いた。常に開かれている洋館の入り口からは、声高くお喋りをする観光客が入ってきて、大きいねえ、きれいだねえ、と賑やかに言い交わしている。二人は階段を下り始めた。

「さっきの雨は止んだ？」

「だいぶ前に止んだよ。ねえ、逃亡者さんには申し訳ないんだけど、しばらく逃げるのは中断して、横浜の老舗《しにせ》ホテルで休憩しない？　きれいなところでね、日本名物の瀟洒《しょうしゃ》なデザート、プリンアラモード発祥の地らしいんだ。プリンアラモードの歴史って知ってる？」

「あなたね、私たちが何回この街でデートしたと思ってるの」

「覚えていてくれて嬉しいよ。でも歴史については初耳なんじゃない？　その昔、第二次世界大戦後の進駐軍の話にまでさかのぼるんだけど……」

雨が止み、二人の去った山手の洋館には、賑やかな観光客の声が溢れた。


神立屋敷での出来事の後、真鈴は一日学校を休んだ。だが二日目からは登校してきた。みのると良太はいつものように突撃してゆき、大丈夫なのか、どこか具合が悪いところはないかと心配したが、真鈴もまた、いつものように女王然とした雰囲気で、

「しばらく放っておいてくれる？」

とだけ言った。二人の平民ならぬスーパー親友は、静かに従った。それが一番真鈴にいいと思ったからである。

「今日は進路のプリントの提出期限だよ。未提出の人は、今日中に、きっちり先生に出すように。忘れないようにね！」

クラス担任の川口《かわぐち》先生の声に進路のプリント、とみのるは呆然《ぼうぜん》と呟いた。全く何も記入できないまま、鞄《かばん》のファイルの中で眠っている。先週はそれどころではなかった。あんた将来どうするの、というお母さんの声が耳の中でこだまする。まるで世界がみのるに進路を決めろと迫っているような気がした。

朝のショートホームルームが終わると、良太は早々にトイレに行ってしまった。目を泳がせていたみのるは、ふと林《リン》くんに気づいた。林くんもみのるに気づき、手を上げた。

「ようみのる。どうしたんだ」

「林くん……」

みのるはよろよろと林くんに近づいていった。法廷通訳になりたいという林くん。将来の夢をきちんと思い描いている林くん。成績もアップした林くん。助けてほしかった。

「……僕も夢、見つけたいよ。お母さんにも『将来何になるの？』って言われたんだ。でも全然……思いつかないし、見つからなくて……どうしたらいいんだろう」

みのるが死にそうな顔で告げると、林くんは少し驚いたような顔をし、すぐに笑った。

「そんなことで悩んでいたのか！　なあに、ひょっこり見つかるさ」

「ひょっこり？」

「そう、『ひょっこり』だ。ちなみにこの言葉はヒロシから習った。『ちなみに』もだな」

「ひょっこりってどういうこと？」

「そうだな、あー、もぐらが顔を出すみたいに……隠れているやつがいきなり顔を出すみたいに、ってことだ。そうだろう？」

「そうなんだ……」

「ははは！　おいおい、俺がみのるに日本語を教えるんじゃあべこべだぞ」

「……じゃあ僕は林くんに中国語を教えなきゃだね」

「やってみろ、やってみろ！」

そのタイミングで良太がトイレから戻ってきて、三人はわいわいとゲームの話に突入することになった。みのるも何となく話を合わせたが、頭の中はプリントのことでいっぱいだった。

未来の自分。何がしたいか。どうなりたいか。

将来なんかずっと先だから放っておこう、とプリントが配られた日に良太は言った。できることならみのるもそうしたかった。でもそのうちきっと、お母さんと再会する日がやってくる。それはとても嬉しいことだった。お母さんが少しずつ元気になっているところを見られるはずである。

でもその時にまた、同じ質問をされたらと思うと、みのるは胸がきゅっとした。

え？　あんた、まだ将来の夢がないの？　お母さん心配だわ。もたもたしてるうちに、すぐ大人になっちゃうわよ。みのるはどうしたいの？

そんなことを言われても答えられず、がっかりした顔をさせてしまったら、もっとつらくなりそうだった。

ずんと落ち込んだみのるは、不意に肩を摑まれた。林くんである。

「お前、暗い。考え事をしているな」

「う……うん」

「ヒロシから教わったことはまだある」

将来のことについてだ、と胸を張る林くんが、みのるには夏に中華街で目にした関羽《かんう》さまのように見えた。堂々として、格好良く、いいことを言ってくれる大いなる存在に。

「未来のことって、誰かのために考えるものじゃない」

「……？」

「未来はな、みのる、自分のものなんだ。他の誰かの未来じゃない、お前の未来なんだよ」

「そ、それはそうだと思うけど」

「ヒロシに言われたのはそれだけだ。頑張れ。考えろ」

みのるはがくがくと頷き、良太はやれやれというように苦笑した。

「みのるはけっこう、つまんないことでも考えこむからなあ」

「……良太が考えなさすぎなんだよ」

「じゃー足して二で割ったらちょうどいいかもな！」

みのるは思わず笑ってしまった。そして少し、心の深呼吸ができた。

そもそも、慌てて探して、見つかるようなものとも思えない。

以前正義が言っていたように、答えがあるものでも、恐らくは、ない。

だったらもう、すみませんという気持ちで、書けるものを書くしかなかった。

みのるは机に戻り、シャープペンシルを握った。

「『自分のもの』……」

自分は何がしたいのか。

みのるの脳裏をよぎるのは、今までみのるのことを助けてくれた人たちの顔だった。一緒に住んで、食事も作ってくれたお母さん。今同じことをしてくれている正義。その正義に引き合わせてくれた児童相談所の人。正義と共にみのるにいろいろなことを教えてくれるリチャード。

みんな優しい人たちだった。

優しい人になりたいです、と書きかけて、みのるは考え直した。それは将来の夢というにはあまりにも漠然としていて、どっちかというと生活の目標のようなものに思えた。これは進路のアンケートである。

みのるはうんうんと考え、大丈夫かーという良太の声を聞き流しながら考え、考え。何とか言葉を二行、絞り出した。

『好きな人たちを明るい気持ちにしてあげたい』

『そういう仕事がしたいです』

「…………」

見れば見るほど小学三年生くらいの作文に見えたが、今現在、みのるの全身全霊だった。あまりに恥ずかしいので良太には見られないように裏返し、みのるは小走りで先生に提出にゆき、何でもないことをしたようなぶらぶらした歩調で席に戻った。椅子《いす》に座った時、みのるは小さくため息をついた。

林くんの『法廷通訳』や、真鈴の『世界で活躍するモデル』には、程遠いとしても。自分にも小さな、将来の希望があるのだと、今のみのるは思えた。少なくともプリントに書いたのだから、全くないとは言えないはずである。お母さんに話すこともできそうだった。

続いてプリントを提出し、戻ってきた良太に、みのるはたまらず問いかけた。

「良太……最後の欄、何て書いた？」

「ああ？　そんなの決まってるよ」

頑張ります！　と良太は胸を張り、宣言した。みのるの反対側の隣の席の女子が、ぎょっとした顔をしたが、良太は気にしなかった。

「ああいうのはな、適当に『頑張ります！』って書いたらいいんだよ。先生はさ、言っちゃなんだけど一人で三十人分以上プリントを見るんだぞ。一枚一枚丁寧に読まないって」

みのるは肩の力ががっくりと抜けた。良太にとっては——そしてもしかしたらクラスの大多数にとっては、今回のプリントはその程度のものであるようだった。

自分は一体何をやっていたんだろう、恥ずかしい、と思いながらみのるは残りの時間をやりすごし、起立、礼、さようならー、という最後の挨拶を済ませて立ち上がった。今日は良太も家の用事があって、家族みんなで出かけるとかですぐ帰ってしまう。みのるも教室を早く出たかった。

そそくさと教室を出ようとすると。

「霧江《きりえ》」

川口先生がみのるを呼び止めた。

もう半年以上、みのるたちのクラス担任をしてくれている川口先生は、みのるの顔を見て、にっこり笑った。

「プリント見たぞ。いっぱい考えて書いてくれて、先生嬉しいよ。ありがとな」

さようならー、という生徒たちの声に応《こた》え、手を振って、先生は廊下を去っていった。

三十人分以上のプリントを読んでいるとしても、先生はけっこう頑張って、全員分のプリントを見てくれているようだった。

みのるはいつもの階段でしばらく待った。だが案の定、真鈴はまた顔を出さなかった。とはいえ良太と二人で昼休みにクラスへ偵察に行った時には、宿題をしつつ周囲の女子とお喋りをしているのを目撃している。それほど深刻に心配することはないのかもしれなかった。

みのるは学校を後にし、受験の話をする三年生たちとすれ違い、塾のティッシュをくばっているスーツ姿の人たちを横目に見ながら、辿り慣れた帰路についた。

マンションに帰宅すると、当たり前のようにヨアキムがいた。ちょっと恥ずかしそうな、しかし晴れやかな顔をしている。何かいいことがあったのかな、とみのるが思っていると、ヨアキムはみのるに翻訳《ほんやく》アプリの画面を見せた。

『突然ですが、私は他の国に逃げることにしました』

みのるが面食らうと、ヨアキムはおどけたポーズを取ってみせた。『逃げる』などと仰々しい言葉を使いつつ、そんなに深刻な話ではないらしい。しかし『戻る』ではなく『逃げる』である。理解が困難だった。

背後に控えているリチャードと正義に、みのるはただいまを伝えるかわりに質問した。

「ヨアキムさん、大丈夫だったんですか？　置き手紙があったって話だったのに……」

「うん。大丈夫だったみたいだよ。本当はそのまま出て行くつもりだったみたいなんだけど、戻ってきてくれたし、さっきは食事もとったって」

「ダイジョウブ！　アイムオーケー。ベリー・オーケー」

ベリー・オーケーなんて例文は教科書には出てこなかったな、と思いつつ、みのるは「アイム・グラッド」と答えた。みのるの数少ない手持ちの英語『よかったです』である。ヨアキムは微笑み、みのるの頭を撫《な》でた。その後ろでリチャードと正義がどことなくやきもきした顔をしていた。

「みのるくん、そんなわけで今日はキムさんのお見送りパーティ……になるんだけど」

「本人があまり盛大にはしてほしくないとのことでしたので、ホームパーティ風に」

その日の夕食は、みのるの感覚ではいつも通りだったが、ヨアキムにはジンジャーエールのかわりにビールが提供された。リチャードも正義もほぼ飲まないアルコール飲料である。最後にはプリンにフルーツを飾ったデザートが出てきて、みのるはようやく『ホームパーティ』の部分を味わった気がした。

ソファのヨアキムが脚《あし》を組んだ時、ちらりとアンクレットが光るのが見えた。ナワラタナ。星のお守り。メニー・フレンズ。宝石を集めること。

「……ヨアキムさん……あの」

「？」

昼間のアンケートに書いたことを、みのるはヨアキムに伝えたかった。だがそのままでは英語パワーが足りない。みのるは自分の端末の翻訳アプリに言葉を吹き込んだ。

「僕も、大切な宝石を、たくさん集めたいです。頑張ります」

声を聞いたリチャードと正義は、少し「おや」という顔をした。だがみのるは、まずはヨアキムに報告をしたかった。宝石の話をしてくれたダンサーで、気まぐれだが優しくて、これからすぐ立ち去ってしまうヨアキムに。

ヨアキムはしばらく、よくわからないような顔をしていたが、そのうち大きな瞳をさらに大きく見開き、長い睫毛《まつげ》をパチパチさせ、次の瞬間にはみのるをハグしていた。うわあ、香水だ、と思った時にはもう離れていたが、みのるは生まれて初めて体験する『何か』をされた気がした。あたたかかったが、面妖な感触でもあった。

ヨアキムは何かをぺらぺらっと言い、リチャードが通訳してくれた。

「『あなたは成長したのですね、嬉しく思います』と言っています」

「成長……したんでしょうか？」

「はい。私もそう思います」

そうでもないだろうとみのるは思った。プリントに書いたのは立派な職業の名前ではなく、何となく小学生っぽい目標である。でも確かに、何かを書いたことは書いたのだった。そういう自分のことを「成長した」と誰かが言ってくれることが、みのるは嬉しかった。そして寂しくなった。ヨアキムにはもう、少なくともしばらくは会えないのである。

質問したいことは、結局質問できないままだった。どうしてダンサーになったんですか。いつダンサーになろうと思いましたか。つらいことはありましたか。どんな時にやりがいを感じますか。

みのるの視線を感じたのか、ヨアキムは上機嫌な顔でみのるの頭を撫で、にっこり笑った。

「アスクミー・エニタイム。メイビー・ネクストタイム」

いつでも質問して。次の時でもいいよ、と。

ヨアキムはそう言ってくれたようだった。

「…………！」

みのるは真心を込めて、サンキューベリーマッチと返事をした。

リチャードと正義と一緒に、みのるは新横浜駅までヨアキムを送っていった。青い4WDは四人乗りになってても広々としている。夜の横浜の風景は眩《まばゆ》い夜景でいっぱいで、きれいな反面、どことなく中身のない外側が光っているようで、少し寂しい感じがした。

新幹線の切符を買ったヨアキムは、最後にくるんと華麗《かれい》に一回転し、前を向いて後ろ向きに歩くＭＪの真似をした後、みのるを指さし笑ってくれた。

「グッバーイ！」

ヨアキムは最後まで明るく面白く、みのるに優しい人だった。

だが夜のイベントはこれで終わらなかった。

みのるたち三人がマンションに戻ってくると、中に知らない人がいた。家の、中にである。

正義とリチャードは揃ってぎょっとし、みのるを後ろにかばったが、みのるはもう一段階驚いた。

家の中にいる誰かが、よくよく見ると知らない相手ではなかったからである。

「う、占い師さん……！」

「占い師？　え？　……あっ、ジェフリーさん？」

「ジェフ、家に入る時には予《あらかじ》め連絡しろとあれほど」

「ごめんごめん。誰もいなかったから仕方なくてさ。それにここ、忘れかけてるかもしれないけど、もとは僕の家だし」

怪しげな帽子とローブ姿ではなく、仕事に行くリチャードのような、しかしもう少しカジュアルな雰囲気の茶色のスーツ姿の男は、やはり占い師と同じ声で喋った。みのるが目をぱちぱちさせていると、スーツの男はにやっと笑って、小さく呟くように言った。

「サプライズ？」

「この人がジェフリーさん？　この家の持ち主で、すごくいい人だっていう……？」

「えっ何それ。もっと聞かせて。みのるくんこんにちは。まだ挨拶してなかったけどジェフリー・クレアモントです。リチャードの従兄《いとこ》にあたります。おいしいアイスが食べたくない？　アイスをあげるからその話をもっと聞かせてよ」

「ジェフ。それ以上言ったらあなたの鼻からアイスを詰め込む。それで、何の用事です」

リチャードの語調は厳しく、みのるは少し肌がぴりっとした。ジェフリーは何か気づいたようで、ごめんなさいと頭を下げた。リチャードにではなくみのるに。

「ごめんなさい。自分の家にいきなり知らない大人がいたら、ものすごく怖いよね。改めましで、霧江みのるくん、こんばんは。ジェフリーです。僕は普段はイギリスかアメリカで仕事をしているんだけど、諸事情で今は日本に滞在しています。ここに来た理由は、リチャードと中田くんとみのるくんにお礼を言いたかったのと、あと業務連絡」

「お礼？」

「僕の恋人がお世話になったみたいだから」

みのるはしばらく考えて、ああと納得した。ヨアキムのことである。

「で、でも……ヨアキムさん、『他の国に逃げる』って……」

「ああうん、そのあたりのことは聞いてる。楽しく安全にラグジュアリーに逃げてほしいな」

「それは『逃げる』なのでしょうか」

「キムが『逃げる』って言ってるんだから、それでいいんだよ」

そしてジェフリーはウインクをした。満足げな顔だった。

ヨアキムがジェフリーの恋人。ジェフリーはリチャードの家族。ということは将来的に、ヨアキムもリチャードの家族になるのかもしれなかった。賑やかな家族になりそうだな、とみのるは想像し、ちょっと楽しくなった。リチャードの家族になってくれるのなら、きっと本当に『ネクストタイム』がある。

ジェフリーは三人にもう一度、今度は深々と頭を下げた。

「本当にありがとうございました。キムのわがままに応えてくれて、放り出さないでくれて、優しく見守ってくれて。心からありがとう。今回は僕じゃない相手のところじゃないと意味がないみたいだったからハラハラしたけど、結果的に何とかなってよかった」

「そちらも大変ですね」

「君たちほどじゃないよ」

ジェフリーの言葉をリチャードと正義は適当に受け流した。そんなに大事な話でもなかったらしい、とみのるは思い、ほっと本音をこぼした。

「よかったです、ヨアキムさんに、また会えそうで……質問があったので……」

「質問？」

リチャードは怪訝《けげん》な顔をした。それなら自分がかわりに尋ねますが、と言わんばかりの表情に、みのるは慌てて首を横に振った。

「あの……将来の希望のこと……ヨアキムさんにいろいろ聞いてみたくて」

「キムに？　将来の希望？　起業とか？　オーケー、力になるよ」

「ジェフ」

よくわからないなりにみのるは苦笑し、何とかとんちんかんな誤解を解こうと思った。

「そうじゃなくて……僕の学校で、『将来のことを考えましょう』って課題があったので、ヨアキムさんにもいろいろ質問してみたくて……いつ夢を決めたのかとか、そういうことを」

「ああ、進路学習が始まったんだね」

正義はよく理解してくれたようだった。何ですかそれはという顔をするジェフリーに、後で話しますと告げ、正義はみのるに微笑みかけた。

「確かにキムさんは、自分で自分の道を切り拓《ひら》いてきた人だから、そういう質問をするのもすごく参考になると思う。もちろん、俺やリチャードに質問してくれてもいいからね」

「あっ……」

もっともな話だった。

だが近すぎて、質問するのが恥ずかしいし、申し訳ない。

そういう意味でヨアキムは、自分にとって質問をするのにちょうどいい距離にいてくれる人だったのだな、とみのるは改めて気づいた。

ジェフリーはしばらくみのるを見つめた後、楽しそうに笑った。

「ちなみに、みのるくんの将来の夢をうかがっても？　今のところの夢でいいよ。教えてくれないかな」

「ジェフ」

「だって気になるもん！　ドロッセルマイヤーおじさん枠としては応援したいし」

「意味不明瞭《ふめいりょう》なたとえは慎んでください」

「あの……」

　みのるはおずおずと答えた。『好きな人たちを明るい気持ちにしてあげたい。そういう仕事がしたい』。それはつまるところ。

「……優しい人に、なりたいです……」

　そういうことになりそうだった。

　三人の大人は顔を見合わせ、にっこりと微笑みを交わした後、交代交代にみのるの頭を撫でた。ジローとサブローもやってきて構ってくるので、みのるの手と顔はよだれでべちゃべちゃになった。

「そうかあ！　すごい目標を立てたね。それはすごい。かなりすごい目標だよ」

「みのるさまは、私が同い年であった時にはまるで考えもできなかったことを、ご自分でお考えになっていたのですね。素晴らしいことです」

「うーん、身につまされる答えだったな……僕も今度企業買収に携《たずさ》わる時は、もうちょっとだけ手心を……おっと。今のは聞かなかったことにしてね」

最後にもう一度、正義がみのるの頭を撫でてくれた。ヨアキムのわしゃわしゃした豪快な撫で方とは違う、うんうんと頷くような撫で方と大きな手が、みのるは好きだった。

よくわからない横文字の飛び交う会話をジェフリーと交わした後、リチャードはおほんと咳《せき》払いをした。

「それでジェフ、業務連絡というのは？」

「ちょっとね。フランス語にしてもいい？」

ジェフリーは何かをぺらぺらと横文字で告げた。

途端にリチャードと正義の表情には緊張が走った。

自分はここにはいないほうがいいのだろうと判断し、みのるは自主的に部屋に引っ込もうとした。こういう場面はお母さんと二人で暮らしている時にも、施設の人がやってきた際によくとっていた対応だった。

だが。

「ジェフリーさん、待ってください」

正義が日本語で喋った。

みのるが少し驚いた時、正義は言葉を続けた。

「この話はみのるくんも一緒に聞いたほうがいいと思う」

今度はみのるが緊張する番だった。

ジェフリーは「本当に?」と尋ねるように正義の顔を見た。みのるの緊張は恐怖に変わった。何を言われるのかわからない。

それでも正義は力強く頷いた。

「お願いします」

ジェフリーはしばらく唇を尖らせていたが、最後にちらりとリチャードの表情を見た後、にこりと笑った。

「じゃあ手短に。染野《しめの》閑《ひさし》の消息がわかった」

その名前は、みのるの体を真っ二つに割るような衝撃をもたらした。

短い休暇

extra case.

「なあリチャード……観光って…………どうするんだっけ？」

「興味深いことです。私も全く同じことを考えていました」

パリ二十区。ルーブル宮からもエッフェル塔からもほどほどに遠く、最寄りの観光地はペール・ラシェーズ墓地という落ち着いたホテルで。

俺とリチャードは途方に暮れていた。

休暇を取ろう、そうしよう、二人でパリを楽しもう、という合意に至ったところまではよかった。だがお互いバタバタしていて、具体的な『休暇』の内容を詰めるのを忘れていた。ビジネストリップでもあるまいに『詰める』というのは表現がおかしいかもしれないが、ともかく何をやるのかまるで決まっていない。こういう時、最近の俺はちょっと浮き足立ってしまう。ここ数年はやることが多くて忙しすぎて、逆に言うと「明日は何をしようかな」と考えることから解放されていたのだ。

荷ほどきを終え、適当なカフェで休憩して飛行機疲れを解消した後、俺たちはとりあえずパリ植物園に出かけることにした。ホテルからまああの距離で、歩いていくのにちょうどいい。最寄りのペール・ラシェーズ墓地は観光地でもあり、旧時代のセレブたちの豪華な墓が見ものなのだが、休暇のいの一番で訪れたい場所かと言われると考えてしまう。

革命前は『王立庭園』と呼ばれていたクラシックな植物園は、敷地を横切る道が名物だった。フランス式庭園らしく、とにかくまっすぐ、長く伸びている。珍しい植物たちが温室に庭に、きちんきちんと植え込まれている。人間の手によって整備された植物という、西洋的な意味での『秩序』を感じる庭園だ。一時間くらい見て回っただろうか。

「……リチャード」

「言わなくてもわかります……」

「ああ…………」

残念極まりないことに、俺の脳みそは「この時間でメールが五通書けたな」等と考えてしまった。取引先の宝石商に、ジュエリー会社に、日本でお世話になっている卸《おろし》問屋に、ジュエリーの小売店に、まあさんに。急ぎの用事があるわけではないし、ぜひそうしたいと思っているわけでもない。そもそも雑務は全て休暇前に終わらせてきた。必要ない。ないのだが、慣れとはかくも恐ろしい。

でも今は、そういうことはしないと決めたのだ。それで休暇を取っている。

「リフレッシュって……難しいんだな」

「私たちの脳が『仕事』の状態に慣れすぎてしまったとも言えるでしょう」

「うん……あっ、連想ゲームしないか？　仕事じゃないことをお互い考えよう。まず俺からだな。『植物園』！」

「『プラントハンター』」

「……『ストーンハンター』」

「ハンターしか合っていない」

「し、仕方ないだろ、連想ゲームだし！　いや駄目だ。これじゃ仕事モードに戻りかける。仕切り直し。えー、プラントハンターといえば『イギリス』」

「『FGA』」

「……宝石鑑別資格だな」

「…………」

俺たちは沈黙し、互いに苦笑した顔を見合わせた。

「やめようか。無理はよくない」

「そうしましょう。そろそろ何か食べますか」

「うん。それじゃあ俺が……いや、キッチン付きのホテルじゃないんだったな」

「今回はあなたも料理を封印するという約束でしょう」

「わかってる、わかってる！」

観光客は観光客らしく、しかし近年あまり芳《かんば》しいとは言えないパリの治安を考えてサササッと手早く、俺たちは携帯端末で近場のビストロを探した。昼間から営業しているところは少ないのでカフェも可。よさそうな店を見つけたので、俺たちはいそいそと移動した。

移動中、試しに手を繋《つな》いでみたが、お互い照れて爆笑してしまったので取りやめになった。

辿《たど》り着いたカフェは雰囲気がよく、地元の人たちがくつろいでいるブーランジェリーで、イートインスペースもあるという感じの場所だった。巨大なバゲットが飛ぶような速度で売れてゆく。みんな焼きたての時間を覚えてきているのだ。これは明らかに当たりを引いた、と俺は内心ガッツポーズをし、お店の人に尋《たず》ねてみた。

「素敵なお店ですね。おすすめとかありますか？」

すると、アフリカ系の顔立ちをした店員さんはちょっと変な顔をし、その後「サンドイッチとフランがおいしいよ」と教えてくれた。サンドイッチがおいしいということは、つまり具材をはさんでいるバゲットに自信ありということだろう。俺たちはめいめい、恵方《えほう》巻《まき》も裸足《はだし》で逃げ出すような太さのサンドイッチをオーダーし、ついでにカフェオレも注文した。

会計を済ませると、店員さんはちらちらと左右をうかがった後、尋ねてきた。

「仕事でパリに来てるの？」

「いえ、観光ですけど」

「じゃあ、フランスに住んでるわけじゃないんだ。不思議だなあ、雰囲気が観光客っぽくない」

観光客っぽい雰囲気ってどういう雰囲気ですか？　と俺は重ねて尋ねた。こういう言葉を受けるのは初めてではないし、何となれば世界各国を仕事で巡る時の恒例行事のようなものでもある。だから俺は考え方を変えることにしている。そこに自分がどう答えるかを気にするのではなく、相手がその言葉を通して何を言いたいのかを考え、考察する。そういう楽しみの一つにしてしまえば、多少のざわざわ感もそう悪いものではない。

店員さんは肩をすくめた。

「決まってるよ。浮き足立ってる感じだ」

「へえー。わくわくしてる感じってこと？」

「そうそう。ちょっと不用心なんだよな。パリに夢中、あるいは友達同士の楽しい時間に夢中、って感じで。スリも多いっていうのに。せっかく俺たちの国に来たんだから、安全に楽しんでほしいんだけどね。あんた、スリなんか生涯自分には無縁のものだって思っちゃ駄目だよ。あいつらはどこにでもいるからね」

「そうなんですね。俺のばあちゃんの名前にかけて、うんと気をつけます」

「面白い子だなあ！　十八歳くらいだろ」

「うーん、その一・五倍」

「なんてこった！　不老の秘訣《ひけつ》を教えてくれよ」

ダニエル！　と誰かが奥から名前を呼んだ。店員さんが肩をすくめる。彼の名前はダニエルというらしい。ごめんね、呼ばれちゃったからね、と気まずそうな顔をしながら店の奥に引っ込んでゆく。新しいパンが焼けたようだ。

俺はイートインスペースで待つリチャードのところに戻った。

「お待たせ」

そして俺たちは同時にサンドイッチにかぶりつき、同時に目を見開いた。うまい。外側はカリカリで、内側はねばりけのあるフワフワで、うまい。とにかくうまい。このパンばっかり永遠に食べていたいという欲望が爆発する。うまい。

俺たちはほぼ無言でそれぞれのサンドイッチを平らげた後、視線を交わし、頷《うなず》きあった。

「……このパンだけ買って帰ろう。具材はそのあたりのマルシェで買える。いいよな」

「無論です」

かくして俺たちは、一メートルほどあるバゲットをかついで街を歩くという、一昔前の日本人が想像する『パリジャン』のような格好で、麗《うるわ》しきパリの街を歩いた。適当なパテも買って、ついでに白ワインも仕入れて、軽い夕飯の準備は完了だ。

いい気分になった俺たちは、どうせならとエッフェル塔を訪れることにした。

「観光に来てるんだしな」

「そうですね」

エッフェル塔は昼だけではなく夜も美しい。昔の灯台のようにクルクル回り、夜を照らし出すサーチライト。そしてシャンパン・フラッシュと呼ばれる定時のイルミネーション。不思議だ。

俺は大学生の頃は、こういうことにある程度興味があったように思う。だがそれはどちらかというと、世界の文物を見てやろうという気持ちではなく、大学の仲間が何だかそういうことにはしゃいでいるから俺もはしゃいでおいたほうがいいのかなという、打算的な社交術によるものだったのかもしれない。その後、「世界の文物はもう全部見た」という風情《ふぜい》のリチャードと知り合い、親しくなり、そういうものをちょこちょこ横目に見つつビジネストリップに精を出す生活が続き、今に至る。

ある意味何かが一周巡ったのかな、と思いながら、俺たちは観光客の集団にまじり、エッフェル塔の足元からシャンパン・フラッシュを見上げた。金色のネオンがエッフェル塔の全てを染め上げ、春節を祝う爆竹のようなストロボを発する。華やかだ。万国博覧会の時代に作られた際には大ブーイングをあびたというエッフェル塔が、これがパリですよ、どうですか、と、世界各国からやってきた客人に胸を張っている。

安全上のリスク回避も考え、観光客グループの隙間《すきま》に入り込んだ俺たちの傍《そば》では、さまざまな人間模様が展開されていた。動画が撮れない、スマホを買い替えるんじゃなかった、と悔しそうな顔をしている韓国人の女の子グループ。きれいだねえ、来てよかったねえ、と互いの手を握り合っている、アメリカ英語の車椅子《いす》の老夫妻とその子ども、および孫とおぼしき人たち。自撮りに余念のない日本人の男子グループはユーチューバーか何かだろうか。俺が小さい子どもの頃には存在しなかった職業だ。そしてキスをするカップル。国籍はわからない。でも愛し合っている二人だ。幸せそうに見える。まるでそこだけで世界が完結しているように。

俺はちらっと隣のリチャードを見て、質問した。

「……あー……キスしとく?」

「これまでの人生で聞いた中で最悪の誘い文句です、どうも」

「あっあっ、ごめん、本当にごめん！　そういうつもりじゃなくて」

「わかっていますよ」

リチャードは笑い、俺の頬《ほお》にキスをしてくれた。頬だ。唇ではない。

「…………」

シャンパン・フラッシュが終わった後、俺は少しほっとしている自分に気づいた。

ホテルに戻るまでの間、俺たちはまた手を繋いでみたが、やっぱり途中で離してしまった。何だか誰かに「こうしなければいけませんよ」と言われて、そのオーダーに従っているような、嫌な感じがあったのだ。その『誰か』とは、強《し》いて言うならこの休暇を取ろうと決めた俺自身なのだが。

それでも関係性に、何らかのベクトルを意図的に加えようとするのは、初めてのことだ。マルシェで買い込んできた食材を冷蔵庫から取り出し、ついでにホテルの人がサービスしてくれたキャンドルにも点火を試みる。煤煙《ばいえん》排除設備はあるし、そもそも倒したら自動的に消えるから安心してねと言われたが、俺は念のためマルシェで小さな水盤を買っていた。水盤の上に蠟燭《ろうそく》を立て、ホテルの人が貸してくれたライターで火をつける。

途端、水盤が金色に輝き、地上に降りた小さな月のように光を放った。

その光の先に、リチャードがいる。

「……ラ・トゥールの絵だ」

「含蓄《がんちく》のあるたとえです」

ラ・トゥールというのはフランス人で、小さなともしびに照らし出された人々を描くのが得意だった画家だ。写実的で、宗教的な画題が多いが、そんなに宗教理念をババーンと出してくる作品ばかりというわけではなく、どちらかというと揺らめく人間の心理を絵を通して見せてくれる、内省的なダイナミズムを持つ画家である。俺はとても好きだ。

でも何よりも、この蠟燭の火に照らされたリチャードの姿が好きだ。世界一の画家もさじならぬ絵筆を投げるだろう。これを絵画に写し取るのは恐らく不可能だ。

「正義《せいぎ》？」

どうしたのですか、と首を傾《かし》げる姿は聖人のようだ。俺は思わず呟《つぶや》いた。

「シャンパン・フラッシュもよかったけど……やっぱりお前が一番きれいだなあ。エッフェル塔が百本あっても、お前一人に勝てないよ」

それはどうも、というようにリチャードは軽く会釈をしてくれた。嫌がっている素振りはない。ただ慣れている。俺は彼が慣れてくれたことが嬉《うれ》しい。褒め言葉に、そして俺自身に。

そして気づいた。

思えば今までも、こういう瞬間は多々あったのだ。

仕事終わりのケニアで隣同士に夕暮れを眺めた時に、プロヴァンスの田舎《いなか》道を自転車を押しながら歩いた時に、銀座《ぎんざ》の資生堂《しせいどう》パーラーでストロベリーパフェに舌鼓《したつづみ》を打った時に。

俺はそういう時間が好きだった。

今も好きだ。好きで、尊いと思う。心から。

別に関係がどう変わろうと、変わらなかろうと、それが真実なのではないだろうか？

俺がきょとんとしたまま固まっているので、リチャードが近づいてきて心配してくれた。

俺は思わず笑ってしまった。

「……いや、改めて思ったけど、俺ってあんまり好きな相手にもガツガツしないタイプなんだな」

「百億年前から存じ上げていたようにも思いますが、同意いたしますね」

「でも好きなんだ。好きなんだよ」

「わかっています」

「好きだ」

「よくわかっていますよ」

俺はリチャードに寄り添い、ハグをした。リチャードも軽く抱き返してくれる。恐らくだが俺が万力を込めて抱きしめたら、リチャードも同じ強さで抱き返してくれるのだろう。こいつはそういう男だ。とても優しくて、思慮深く、遠慮という言葉を知っている。

俺はそれが嫌なのではなかったのか。

それで休暇の提案を呑《の》んだんじゃなかったのか。

俺は意を決し、抱きついたまま顔を上げて、顔を近づけ、見事に額をぶつけた。ゴチンという音がする。頭蓋骨《ずがいこつ》がぶつかった。俺とリチャードはよろよろと後ずさりし、それぞれ壁にもたれ、引きつるような笑いを漏《も》らした。

「正義……あなたには明らかに、何らかの訓練が足りない……」

「ごめん。もう一回やり直したい。今度はちゃんと」

「やめましょう。あなたは乗り気ではない」

俺は顔を上げた。まだ頭が若干《じゃっかん》グラグラするが、そんなことはいい。

俺はとりあえず上着を脱いで椅子に放り投げたが、リチャードは笑うだけだった。俺は泣きたくなった。

途方に暮れていると、リチャードは近づいてきて、俺を背中からそっと抱いてくれた。本当に泣きそうな気分だが、これは悔し涙である。もうちょっと何とかできると思っていたのに。

「……ごめん。俺は、何とかしたい……何とかしたいんだ。俺はお前のこと我慢させたり、お前に遠慮させたりしたくないんだよ」

「あなたは私と同じことを考えている。私もあなたに望まないことを強制させたり、自分に嘘《うそ》をつくようなことをさせたいとは思っていない」

「そういうのとは違うんだ」

わかっています、とリチャードは繰り返した。あまりにも優しい声で。

本当に。

この男は俺以上に、俺のことをわかってくれているのかもしれない。

俺が黙り込んでしまうと、リチャードは温かな声で続けた。

「今でなくても構いませんし、それが将来、あるいは来世などというあやふやなものでも構いません。日本にはそのような概念を愉《たの》しむ風情が千年以上前から存在しました」

「いや……俺は日本人だけど、さすがに来世を信じるかって言われると」

「もののたとえです」

俺は脱力しそうになった。少なくとも今夜はこれ以上頑張れない気がする。天使のような手で慰《なぐさ》められてしまったので、ここから気持ちを奮《ふる》い立たせるのはかなり厳しい。じゃあ明日は？　明日はもっとキメられるだろうか？　わからない。自信がない。

曖昧《あいまい》な気持ちのまま壁にもたれてフラフラしていると。

不意にリチャードの携帯端末が震え始めた。意外だ。電源は切っていないにしろ、優先順位の高くない回線は切っていると思っていたのに。ちなみに優先順位の高い回線とは、ヘンリーさんジェフリーさんシャウルさんオクタヴィアさんなどをさし、それらの人々には大体、『今は休暇中だから連絡はちょっと』と予《あらかじ》めお願いしてある。

かなりきわどいフランス語の罵《ののし》り文句を呟いて、リチャードはテーブルから端末を取り上げ、押しつぶすように通話ボタンを押した。

「アロー？　――ジェフ？　切りますよ」

「おいおいおい」

「今週電話をかけてきたら『目に物を見せる』と言っておいたのです。約束を破った以上覚悟は………え？」

リチャードは目を見開き。

じっと俺を見た。

え？　と俺は戸惑い、自分の顔を指さした。

ジェフリーさんが俺の話をしているのか？　リチャードに？　緊急で？

リチャードは通話をスピーカーホンに切り替え、俺にも聞こえるようにしてくれた。

そこからの展開は、俺の想像を超えていた。

なしくずし的にパリを去ることになり、シャルル・ド・ゴール空港に向かうタクシーの中で、俺はリチャードの手を握った。強く握りしめるように。リチャードも軽く握り返してくれた。

「……また休暇をとろうよ。今度は、そうだな、アムステルダムにしよう」

「面白そうですね」

「フラワーマーケットで、埋もれるくらいのいっぱいの花を買ってお前に贈るよ」

「楽しみにしていますよ。それでもあなたの褒め言葉ほど芳しくはないと思いますが」

俺は笑いたかったが、あまり笑えなかった。

これから自分がするであろうことはわかっている。

それがリチャードにどういう影響を及ぼすのかも、恐らくは。

でも俺には、他に道がない。少なくとも俺が自分自身でいられると思う道を選ぶのなら、選択肢《し》は一つしかない。俺は自分の弟の助けになりたいのだ。心の底から。

リチャードは微笑《ほほえ》み、あやすように俺に握られた手を軽く振った。

「楽しみです」

「え?」

「あなたの素敵な弟にお会いできるのが、楽しみですよ。ご紹介にあずかりたいとまでは申しませんが」

「何言ってるんだよ。そもそも俺だってちゃんと会えるかどうかわからないんだぞ」

「そのような事態はあまり想像したくありませんね」

「だよな。俺もだ」

　窓の外をペール・ラシェーズ墓地の壁が過ぎ去ってゆく。休暇中一度は訪れて、散歩のようなことをしようと思っていたのだが、結局行けずじまいになった。俺たちは今後この墓地を訪れるだろうか？　マリア・カラスもエディット・ピアフも眠っているという墓地を。

　俺はリチャードの手を強く握り返し、前を見た。パリの街並みが流れてゆく。これから俺が向かう先は日本の、横浜《よこはま》だ。パリとは違うし、スリランカのキャンディとも違うだろう。俺とリチャードが出会った銀座とも。

　そこに俺の弟がいる。

　そこでベストを尽くす。

　それが今、俺がしたいと思っている全てのことだった。

　だがそのためにリチャードを飼い殺しのような目に遭《あ》わせることに、俺の心は言いようのない痛みを覚える。どうするのがベストなのかもわからない。リチャードはそれを許してくれている。なおのこと心が痛い。でもこの痛みは意味のない痛みなのだ。だってリチャードは俺が苦しむことは望んでいないのだから。

でも。それでも。
弟を助けたいと思う一方、やっぱり俺は揺るぎなく思っている。
俺という人間の一生に、何らかの意味があるのだとしたら。
それはリチャードのために生きることなのだと。

※この作品はフィクションです。実在の人物・団体・事件などにはいっさい関係ありません。

集英社オレンジ文庫をお買い上げいただき、ありがとうございます。
ご意見・ご感想をお待ちしております。

● あて先
〒101-8050　東京都千代田区一ツ橋2-5-10
集英社オレンジ文庫編集部 気付
辻村七子先生

宝石商リチャード氏の謎鑑定

再開のインコンパラブル

集英社
オレンジ文庫

2024年9月24日　第1刷発行

著　者　辻村七子
発行者　今井孝昭
発行所　株式会社集英社
〒101-8050東京都千代田区一ツ橋2-5-10
電話　【編集部】03-3230-6352
【読者係】03-3230-6080
【販売部】03-3230-6393（書店専用）
印刷所　TOPPANクロレ株式会社

ISBN 978-4-08-680577-3 C0193

辻村七子
宝石商リチャード氏の謎鑑定

（シリーズ）

宝石と人が秘めた謎と思いに迫る人気作！

①宝石商リチャード氏の謎鑑定

②エメラルドは踊る

③天使のアクアマリン

④導きのラピスラズリ

⑤祝福のペリドット

⑥転生のタンザナイト

⑦紅宝石《ルビー》の女王と裏切りの海

⑧夏の庭と黄金《ドール》の愛

⑨邂逅の珊瑚《サーンウー》

⑩久遠の琥珀

⑪輝きのかけら

⑫少年と螺鈿箪笥

⑬ガラスの仮面舞踏会《マスカレード》

好評発売中

【電子書籍版も配信中　詳しくはこちら→http://ebooks.shueisha.co.jp/orange/】